約會大作戰 5

DATE A LIVE Tempest YAMAI

暴風者八舞

「既……既然如此，我也要辭職～」
AST隊員——岡峰美紀惠
「妳這話不對喔，小惠！」
維修員——米爾德蕾德・F・藤村

「……？」
士道的同班同學——鳶一折紙
「等……等一下！Stop！」
高中生——五河士道

「驚……嘆，非常……厲害……士道。」
第五精靈——八舞夕弦

「好……好奸詐！接下來換我！」
第五精靈——八舞耶俱矢

「怎麼可以……讓這種事情發生呢！」
「——不行吶。果然不行。
我忘了將妳的愚蠢計算在內呀！」
「在心裡描繪出願望之後揮劍！」
精靈——十香

「同意。夕弦已經對耶俱矢的愚蠢失去耐性。
──結果，最後事情還是演變至此。」

「讓我來試試大名鼎鼎的〈公主〉究竟有何能耐。」

最強的巫師——艾蓮·M·梅瑟斯

約會大作戰

暴風者八舞

橘 公司
Koushi Tachibana

Kadokawa Fantastic Novels

封面／內文插畫　つなこ

精靈
THE SPIRIT
存在於鄰界，被指定為特殊災害的生命體。發生原因、存在理由皆為不明。
現身在這個世界時，會引發空間震，給周圍帶來莫大的災害。
再者，其戰鬥能力相當強大。
處置方法1
WAYS OF COPING 1
以武力殲滅精靈。
但是如同上文所述，精靈擁有極高的戰鬥能力，所以這個方法相當難以實現。
處置方法2
WAYS OF COPING 2
——與精靈約會，使她迷戀上自己。
暴風者八舞
Tempest YAMAI
SpiritNo.8
AstralDress-BerserkType Weapon-BowType[Raphael]

序章　反攻略

「……為什麼……事情會變成這樣？」

士道懷抱著絕望的心境低聲嘟囔，接著眨了眨眼，確認自身目前的處境。

士道的視線中，可以看見兩名少女。

其中一名是將明亮髮色的頭髮高高盤起，看起來個性剛強的少女。

可愛的嘴角微微揚起，美麗的臉龐露出一個無所畏懼的笑容。而且從浮現出鎖骨的脖頸處所描繪出來的纖細曲線，與少女不拘小節的行為舉止形成對比，散發出一股足以勾起他人保護慾的魔幻魅力。

「呵呵……士道呀。汝在煩惱什麼呢？汝只要做出選擇就可以了。只要選擇本宮——八舞耶俱矢，本宮就會實現汝所有願望唷！」

說完後，少女——耶俱矢猶如在表演歌劇般優雅地伸出手，輕輕勾起士道的下巴。明明只是一個小動作，但是士道的頭腦卻流過一股像是觸電般的衝擊。

不過——情況不只如此。

另一名少女，擁有與耶俱矢非常相像的容貌，其相似的程度幾乎接近於「一模一樣」。綁成辮子的長髮，眼神總是無精打采的雙眸。相反的，這名少女卻擁有會讓人目不轉睛，充滿肉感魅力的姣好身材。

「誘惑。士道，比起耶俱矢那個傢伙，還是請你選擇夕弦吧。我能讓你品嚐到耶俱矢那瘦弱的身體所無法給予的快樂。」

說完，夕弦以指尖輕撫士道的臉頰。這官能性的觸感，讓士道的身體下意識地僵直在原地。

「哼……放棄吧、放棄吧。被你這種人求愛，士道只會感到困擾而已。」

「可笑。無法用正面進攻的戰術打敗我，所以就來批評夕弦的行動。真是丟臉呀！」

耶俱矢與夕弦互相瞪視之後，幾乎在同一時間轉頭看向士道，接著又同時朝士道伸出手。

「來吧，士道！」

「提問。你要選誰呢？」

「不，就……就算妳們這麼說……」

士道的臉上冒出冷汗，同時往後退了一步。

接下來……

「喂……汝覺得，本宮比較可愛吧？」

「提問。你不喜歡……夕弦嗎？」

兩人以惹人憐愛的眼神仰望士道並且如此問道。

「嗚……」

混亂與疑問在腦袋中不停打轉。

的確，為了幫助精靈、拯救世界，士道必須攻略精靈並且贏得芳心。

但是……為什麼……

——現在的士道，卻處於反被精靈攻略的狀況之中呢？

士道露出一個曖昧笑容打算逃避這個問題，但是耶俱矢與夕弦卻將手伸得更加靠近自己。

「來吧——汝要選擇哪一方呢？」

「請求。請你做出決定吧，士道。」

第一章　DEM的陰謀

「——那麼，在此宣布處分。」

平穩而低沉的男性聲音，傳進直立在原地的折紙耳中。

自衛隊天宮駐防基地的某間房間中，數名男子並列坐成一排，眼神望向站立在房間中央的折紙。他們的神情嚴厲，簡直就像是在譴責折紙似的。

不過，這也是理所當然。

因為這幾名男子正在針對先前折紙所引起的醜聞事件進行審問。

坐在正對面的男子——桐谷中將（註：原文為陸將，陸上自衛隊官階之一。相當於一般軍階的中將）以嚴厲的語氣繼續說道：

「我們決定對鳶一折紙上士執行懲戒處分。鳶一上士以後將永遠不能接觸顯現裝置。」

「…………」

聽見預料之中的處分，折紙面不改色地輕輕嘆了一口氣。

這起審問在開始之前，結局就已經底定。

在形式上擔任辯護角色的直屬上司——日下部燎子也有出席，但是她的發言幾乎完全不被採納。這場審問，不過是為了懲罰折紙所必經的過程而已。

話雖如此，發生那種事情，會受到懲罰也是理所當然。因為那正是折紙在有所覺悟的情況下所採取的行動。

折紙認為只要能打倒那名精靈，打倒那名殺死折紙雙親的火焰精靈〈炎魔〉(Ifrit)，即使以後無法繼續戰鬥也無所謂，所以才決定扣下討伐兵裝的扳機。

不過，折紙的失誤是……〈炎魔〉五河琴里，並非殺死自己雙親的仇人。

不——其實現在還無法完全確認。只是，折紙無法將士道賭上性命也要告訴自己的話當作是謊言。

五年前的那個地方，還有另一名精靈存在——如果士道所言屬實，那麼如今，折紙將在此失去追捕真正凶手的機會了。

這個事實，讓鮮少動搖的折紙的心臟緊緊揪成一團。

不過——就在這一瞬間……

「……？」

房間的門突然被打開，坐在房內的男子們一齊將視線投往那個方向。

「是誰？現在正在審問中。無論是誰都不准進——」

桐谷皺著眉如此說道。但是，在看見不速之客長相的瞬間，他立刻閉上嘴巴。

「——威斯考特先生？」

從桐谷驚訝的聲音與表情察覺到異樣，折紙往後方瞄了一眼。

一名男子正站在門口，身邊還有一名看似祕書的少女隨侍在側。

那是一名身穿漆黑西裝，身材高挑的男子。男子擁有一頭顏色黯淡的灰金色頭髮，以及像是使用小刀在臉龐上雕刻而成的銳利雙眸。男子的年紀看起來頂多只有三十五歲左右，但是卻給人一種歷經滄桑的老練感覺。是一名相當不可思議的男子。

看見那名男子的長相，還有聽見桐谷所呼喚的名字之後，折紙微微皺起眉頭。

DEM公司執行董事（Managing Director）——艾薩克．雷．貝拉姆．威斯考特爵士。

他在世界上唯一能製造顯現裝置的公司中，擔任實質上的高層主管。

「——啊啊，打擾到你們了呀，真是抱歉。」

威斯考特環視房間內部之後，以流利的日語如此說道，並且輕輕聳了聳肩。

「您……您怎麼會來這裡……」

桐谷慌張地如此說道。於是，威斯考特轉頭看向桐谷：

「這個嘛，聽說我們好不容易準備了〈White Licorice〉作為禮物，但是真那卻倒下了呀。剛好我到日本來處理事情，就順道來探望與勉勵真那……不過，途中我卻聽到一件有趣的事情。」

「有趣的事情？」

桐谷歪了歪頭。然後，威斯考特用力點頭。

「聽說你們有一名啟動〈White Licorice〉與精靈戰鬥的隊員？」

「……！」

聽見威斯考特的話，桐谷倒吸了一口氣。

這也難怪。因為DW-029〈White Licorice〉——也就是折紙未經允許，擅自使用的那台討伐兵裝，就是DEM公司的實驗機種。也是DEM祕密技術的結晶。由於操作技術相當困難，所以只允許由DEM派遣過來的真那啟動這項裝備。

像是察覺到桐谷的想法，威斯考特以誇大的動作搖了搖頭。

「不要誤會我的意思。我不打算責備你們，也不打算以醜聞作為要脅，藉機提出某些無理的要求。」

「……？您的意思是……？」

「純粹只是好奇而已。雖然時間不長，但是我想知道能夠駕馭那匹難以馴服野馬的巫師，到底是何方神聖？哎呀——」

說話的同時，威斯考特的視線落到折紙身上。

「只是我萬萬沒想到，那個人居然會是像妳這樣可愛的大小姐吶！」

「…………」
從對方視線中感受到一股難以言喻的厭惡感，折紙吞了一口口水。
似乎是察覺到折紙的反應，威斯考特一邊露出苦笑一邊聳肩。
然後，似乎是要打斷兩人的互動，桐谷中將刻意假咳了幾聲。
「關於這起事件，之後我方會正式致歉。我們正打算對上士做出處分。」
「你所謂的『處分』是？」
「我們一致認為『消除記憶之後予以免職』是最為妥當的處置方式。」
桐谷以斬釘截鐵的語氣說完話後，威斯考特大大地嘆了一口氣。
「你在說什麼呀？擁有能夠操作那項裝備能力的巫師，可是相當罕見的唷！」
「……並不是那個問題，先生。這關係到部隊的紀律。」
「Oh……」
聽見桐谷的話，威斯考特以誇大的舉動將手放到額頭上，輕輕嘆了口氣。
接下來，威斯考特把手按在桐谷面前的桌面上，將臉湊過去後開口說道：
「您難道還不明白嗎？我話都說得這麼明白了。」
「……！」
威斯考特的發言，讓坐在房間內的所有武官們不約而同地屏住呼吸。

他確實散發出相當強烈的魄力——但是不僅僅只是如此而已。

艾薩克．威斯考特是ＤＥＭ的執行董事。換言之，就算說他是主宰世界上所有顯現裝置的男人也不為過。

三十年前，人類獲得奇蹟性的技術。

能將空想轉換成現實的一項「魔法」。

雖然這項技術並沒有對一般大眾公開，但是顯現裝置早已配備在各國重要機構之中。

假如ＤＭＥ公司存心不再提供顯現裝置給特定國家的話，很有可能會大大削弱該國的國力。

桐谷中將咕嚕一聲吞了一口口水。原本陸上自衛隊就欠了ＤＥＭ公司一筆相當龐大的債務。

如果在此時判斷錯誤而讓威斯考特感到不悅的話，情況一定會變得相當棘手吧。

不過，桐谷咬緊牙齒，然後一拳打在桌面上。

「……別瞧不起人了，你們這些民營企業！這項決定不會改變。鳶一上士必須接受處罰。」

說完後，他狠狠瞪向威斯考特。

一瞬間，房間內響起倒吸一口氣的聲音——但是卻沒有半個人提出異議。

不過這也是理所當然。因為絕對不能讓自衛隊幹部屈服於國外企業的前例在這個時候發生。

「真是了不起。」

經過一陣短暫的沉默，與桐谷互相對望的威斯考特嘆了一口氣，然後從外套的裡層口袋取出智慧型手機，開始撥打電話。

「──喂，您好。好久不見。是的，其實我有件事情想跟您商量……」

接下來，威斯考特與對方交談幾句之後，便將手機遞給桐谷。

「……？什麼──」

「你接聽這通電話以後就會明白了。」

即使臉部扭曲成驚訝的表情，桐谷還是從威斯考特手中接過電話。

接下來，經過幾秒之後……

「……佐伯防衛大臣……！」

喀啦！在椅子產生一陣搖晃的同時，桐谷的臉上染上驚訝的表情。

「是……但是──不，不是，事情絕對不是那樣……」

桐谷滿頭大汗，眉間堆滿皺紋。

接著，結束通話的桐谷將手機扔給威斯考特。

「哦哦。請小心一點呀。這可是最新型的電話。」

「……你這傢伙……」

「呵呵。『軍隊國家化』真是一套絕佳系統呀。無須與倔強的對手爭辯，只要與一名紳士交好便能解決所有問題。」

然後，威斯考特將電話放回裡層口袋，一邊看著桐谷一邊聳肩，最後像是在催促對方發言般，將手心朝上做了一個「請」的動作。

桐谷氣憤地嘟囔幾聲，舉起方才打在桌面上的拳頭，再次捶打下去。

「……鳶一折紙上士，將會受到兩個月的禁閉處分……！」

「……！」

聽到這項宣判，並列坐在一起的幹部們紛紛瞪大了眼睛。禁閉——也就是暫時禁止使用顯現裝置。

以折紙所犯下的過錯來考量，這是一項令人難以置信的輕判。

「中將。這到底是……」

「……嘖！閉嘴！我已經傳達處分了。審問就此結束。快點滾吧！」

「但是……」

折紙的話才說到一半，燎子突然慌慌張張地站起來，抓住折紙的手。

「先……先行告退了！」

說完以後，燎子鞠了個躬，接著便拉著折紙快步走出房間。

就在此時，威斯考特像是在跟朋友打招呼似地輕輕舉起手。折紙瞄了他一眼，便頭也不回地在燎子的帶領之下走出門口。

接著，燎子帶著折紙大步往前走，直到走到聲音不會被聽見的距離之後，才又開口說話：

「……折紙，妳剛剛打算說些什麼？」

「……雖然是間接性的情況，但是自衛隊幹部居然對國外企業的要求——」

話還沒說完，「砰！」折紙的頭突然被打了一下。

「妳在做什麼？」

「這句話是我的台詞。萬一因為說出這些不適當的話又被懲戒處分，那該怎麼辦才好！」

「……那樣我會很困擾。」

折紙如此說道。燎子搔了搔頭髮，並且嘆了一口氣。

「所以，這樣不是很好嗎？是碰巧也好，蓄意也罷。就當作是上天派來一位強勢的天使幫助妳吧……妳還想幫雙親復仇吧？」

「…………」

聽見燎子的話，折紙緊緊握起拳頭，點了點頭。

燎子放鬆了表情，以點頭作為回應。

接下來……

「……嗯？」

就在此時，燎子突然皺起眉頭望向通道深處。

折紙跟隨燎子的動作朝後方轉過頭，看見兩顆小小的腦袋從走廊轉彎處露出來。

她與燎子互望一眼之後，靜靜地往那個方向走過去。然後……

「哇！」

燎子突如其來的叫聲，讓兩顆頭大吃一驚，當場跌倒在地上。

「好……好痛痛痛……妳在幹什麼呀！」

「唔唔，好……好痛喔，小惠。」

出現在眼前的是年約十五歲左右的兩名少女。其中一人是將頭髮綁成兩束，身穿來禪高中制服的女孩子；另一人則是在工作服外面披上寬鬆的白色外套，戴著眼鏡、金髮碧眼的少女。

她們是岡峰美紀惠一兵，以及米爾德蕾德．Ｆ．藤村中士。雖然具有實戰人員與維修人員的身分差異，但是這兩人與折紙、燎子一樣，都是隸屬於ＡＳＴ的成員。或許是因為年齡相近的緣故，這兩人與折紙特別親近。

「小惠與小米。妳們兩人……在這裡做什麼？」

燎子抱起雙臂、半瞇著眼如此問道。於是，兩人在瞬間立正站好，慌慌張張地揮舞雙手。

「那……那個，是因為呀，呃……妳說是為什麼呢，小米？」

「咦！妳把問題丟給小米，小米我會感到很困擾呀～」

看見兩人的模樣，燎子深深嘆了一口氣。

「反正妳們是在擔心折紙吧……真是的。」

「啊……啊嗚嗚……」

「非常抱歉。」

美紀惠與小米滿懷歉意地說完話後，無精打采地垂下肩膀。

但是過沒多久，美紀惠又迅速地抬起頭來看向折紙。

「所……所以……！結果如何呢？折紙前輩！」

美紀惠大聲問道。接著，小米也模仿美紀惠的動作抬起頭來。看見兩人的樣子，燎子再次說了一聲「真是的」，並且露出驚訝表情嘆了一口氣。接下來，像是在表示「回答問題吧」，燎子揚起下巴對折紙示意。

折紙輕輕點頭回應燎子，開口說道：

「……必須接受兩個月的禁閉處分。」

「啊，啊啊……」

聽見這句話的瞬間，美紀惠的膝蓋失去力氣，當場跪了下來。

不過，美紀惠立即搖了搖頭，從口袋中拿出寫有「辭呈」兩個字的褐色信封袋，並且用力地放在走廊上。

「既……既然如此，我也要辭職～」

「妳這話不對喔，小惠！」

「咚、咚！」小米像是在安撫小動物般地輕拍美紀惠的背部。

「話說回來，請冷靜下來，然後將折紙的話複述一遍吧！」

「咦……？就……就是折紙前輩必須接受為期兩個月的禁閉……咦？奇怪？禁閉？」

美紀惠用袖子擦掉溢出眼眶的淚水，從原地站起身來。

「禁……禁閉的意思是……不用辭職嗎！」

「沒錯。」

瞬間，美紀惠那原本布滿絕望的臉，突然浮現開朗的神情。

「太……太好了……如果折紙被免職的話，我……我……！」

好不容易擦乾的眼淚，再次在美紀惠的眼眶裡打轉。她就這樣懷抱著異常感動的心情張開雙手，往折紙身上飛撲而去。

「折紙前輩呀呀呀！」

不過，折紙卻冷漠地迅速轉身，避開朝向自己撲過來的嬌小身軀，在擦肩而過之後，以手肘打向美紀惠的後腦杓。

並非刻意想要攻擊，那只是牢牢記在身體裡的本能，在遇見對手接近自己時所產生的反射動作而已。

「嘿噗！」

發出一陣相當奇怪的叫聲後，美紀惠便「咻～」一聲，以飛快的速度正面撞上走廊地面。

「折……折紙前輩……」

「……妳突然撲過來，嚇了我一跳。」

「怎……怎麼這樣……剛剛的情形……明明應該是相當感人的場面才對呀……」

一邊撫摸變得紅通通的鼻子與額頭，美紀惠吸著鼻水說道。

燎子斜眼瞪視美紀惠，彎下腰撿起掉落在走廊地面的褐色信封袋。

「哦……妳打算辭掉ＡＳＴ的職務呀。沒辦法了。雖然會有人手不足的困擾，但是妳都特地準備好這種東西了。我也不好拒絕呀。」

說完後，燎子做出誇大手勢並且聳了聳肩，然後刻意大嘆一口氣。

「咦！」

發出這錯愕叫聲的人，理所當然是美紀惠。她將眼睛瞪得圓滾滾的，慌慌張張地往燎子的方向跑過去。

「那……那個！那是……！」

「嗯？什～麼～怎麼了，小惠？……啊啊，真是抱歉呀。岡峰小姐，我剛剛居然如此親暱地稱呼妳的小名。放心吧，妳往後的人生一定會過得更加幸福美滿。」

「隊長，不……不是這樣的！事情不是這樣的呀！」

小惠伸出手，打算從燎子手上取回辭呈。不過，就在這個瞬間，燎子突然高高舉起握著辭呈的那隻手。

「那……那是，那是一場誤會！那是邪惡組織的陰謀呀呀呀！」

「妳說誤會……但這應該是妳親筆書寫的吧？」

配合美紀惠蹦蹦跳跳的時機，燎子拿著辭呈的手也不斷往上方高高舉起。

很明顯的，是在戲弄美紀惠。對於平時總是一本正經的燎子來說，這是相當罕見的舉動……可能是因為剛剛承受過大的壓力，也有可能只是因為美紀惠全身上下都散發出一股令人不禁想要欺負她的氛圍之故。

此時，折紙用與平時無異的視線看著眼前的景象。然後，「啊哈哈！」小米的臉上浮現爽朗的笑容。

「哎呀，這兩人都因為折紙不會被免職而感到相當高興呢……不過處罰居然只有『禁閉兩個月』呀。老實說，我一直以為折紙一定會被免職呢。」

該怎麼解釋才好呢？就在折紙為了如何說明而感到苦惱之際，小米突然露出恍然大悟的表情，雙手開始顫抖起來。

「難……難難難難難道……」

「米爾德蕾德？」

折紙察覺到異樣，試著呼喚小米的名字。不過，她卻像是完全沒聽見似的，漲紅了臉，額頭布滿汗水。

「正常來說，那應該是一椿達到必須處以懲戒等級的醜聞……但是最後對折紙下達的處分卻是禁閉……這實在是過於輕微且不合常理的處分……昏暗的房間……臉上掛著好色笑容的長官們……『妳不想被炒魷魚吧？那麼妳應該很清楚自己該怎麼做吧？』……啊啊，折紙被迫以羞恥的姿勢趴在地上，將未曾讓其他人看過的少女的——」

「喂！」

「呀啊！」

「咚！」燎子一拳打在小米的腦袋瓜上。

「妳……妳在做什麼呀！小米我的頭腦可是人類珍貴的寶藏耶！」

「囉唆。妳將自己的妄想全都洩漏出來了唷。」

「漏……漏出來……沒想到會被逼著做出這種變態玩法……」

燎子的拳頭再次揮向小米的頭。

「痛痛痛……真是的，萬一小米變笨的話，燎子有辦法負責嗎！」

「已經夠笨了！妳這個小色鬼！」

燎子表現出「真是拿妳沒辦法」的樣子鬆開拳頭，胡亂摸了摸小米的頭。

就在此時，從走廊前方傳來兩個人的腳步聲。

往那個方向看過去，可以看見身穿黑色西裝的男子，以及戴著墨鏡的少女的身影。來者是艾薩克・威斯考特以及他的祕書。

「……」

低頭鞠躬。看見折紙的舉動，其他人也發現威斯考特的存在。立即停止玩鬧的舉動，閉緊嘴巴，在原地立正站好。

「——啊啊。」

威斯考特在看見折紙一行人之後，挑起眉毛，然後在經過折紙身邊的那一瞬間，將手放置在折紙的肩膀上。

「年輕的巫師，我很期待妳的表現唷。我相信妳一定能殲滅精靈。」

「……！」

折紙吞了一口口水。

感覺不到敵意，也感覺不到殺意。不過，折紙的心臟卻以不尋常的速度快速收縮著。簡直就像是——對於方才經過自己身邊的男人，感到相當害怕似的。

「拿給她吧。」

威斯考特如此說道。於是，祕書便從懷中取出一張小紙片遞給折紙。

「請。」

折紙沉默不語地接過那張紙片。上頭寫有I.R.P.Westcott的名字與看似電話號碼的數字列和電子郵件地址。

「如果妳遇到困難的話，歡迎隨時來找我商量。Deus Ex Machina將會傾盡全力協助妳。」

「……謝謝。」

折紙收下名片，以平靜的聲音如此回答。不過，到最後還是無法回視對方的眼睛。

似乎是察覺到折紙的反應，威斯考特露出一個微笑之後，便和祕書一同離去。

「那……那個……剛剛那是……？」

「他是誰呢？」

小惠與小米幾乎在同一時間歪頭。原本一直維持緊張神情的燎子，露出驚訝表情搔了搔頭，然後瞇起眼睛看向兩人。

「他是DEM公司的威斯考特先生。妳們沒在電視或報章雜誌上見過他嗎？……話說回來，小惠就算了。小米，妳是DEM派過來的員工吧？為什麼會認不出來呢？」

在這個世界上，能夠製造CR-Unit核心零件——顯現裝置的，只有DEM公司而已。因此，DEM公司都會派遣監督者或是維修主任，前往裝備有顯現裝置的各國軍隊與警察機關之中任職。

小米也是其中一員。

不過，聽見燎子的話，小米「啊～」的一聲，用手指抵住下巴。

「聽妳這麼一說，好像是有這麼一號人物吶～」

「什麼叫『聽妳這麼一說』……他不是妳的老闆嗎？」

「啊哈哈！機械人員與董事本來就沒什麼機會見面嘛！經營者只要閉上嘴巴，乖乖付錢給小米我們就好了。不管是誰擔任都無所謂啦！」

「妳還真敢說。」

燎子露出苦笑。不過，折紙卻完全沒將她們的對話聽進耳裡。

留在手心上的名片。折紙凝視著羅列其上的數字與文字——然後再一次，嚥下口水溼潤喉嚨。

「喀、喀！」當腳步聲迴盪在走廊上的同時，威斯考特靜靜地嘆了一口氣。

「——妳看到了嗎，艾蓮？沒有任何人發覺事情的嚴重性。這些無能者居然群聚在一起，共同譴責那名百年難得一見的天才。真是荒謬至極！」

「您說得沒錯。」

行走在威斯考特背後數步之遠的少女——艾蓮平靜地回答道。

「不過，未精製的巫師居然能啟動〈White Licorice〉啊！如果桐谷堅持不撤回對於鳶一折紙的處分，就能邀請她加入我們公司。這似乎也是個不錯的選擇呢。從這一點來看，最後桐谷屈服於我的結果，還真叫人感到惋惜呀。」

「邀請她加入ＤＥＭ嗎？」

「沒錯。只要對她進行完善的魔力處理，她說不定能勝過真那和阿爾緹米希亞……甚至超越世上最強的巫師──艾蓮．梅瑟斯。」

「…………」

威斯考特半瞇起眼睛如此說道。世上最強的巫師陷入短暫沉默。就算明白那只是玩笑話，但是艾蓮似乎還是有點感到不悅。威斯考特覺得這樣的艾蓮非常可愛，微微聳了聳肩。

不過，過沒多久，艾蓮像是想起某件事情似地說道：

「──話說回來，我有一件事情要向您報告。」

說完後，艾蓮打開拿在手上的文件夾。

「報告？」

「是的。連續在關東附近現界的ＡＡＡ等級精靈──識別名〈公主〉，大約在三個月前失去了蹤影。這件事情，應該在前些日子就跟您說過了。」

「啊啊，我知道。不過，這件事情應該沒有特別之處吧？」

「是的。不過，請看這個。」

艾蓮將一張照片拿給威斯考特看。

照片上可以看見兩名少女的身影。其中一人，就是剛剛見過面的鳶一折紙上士。這麼說來，聽說她還只是預備隊員，平時依舊會前往高中上課。

不過——問題就出在另一名少女身上。

那是一名身上穿著與折紙相同款式制服的苗條少女。少女擁有長及腰間的漆黑長髮，美麗的容貌，還有只要見過一次就畢生難忘，宛如夢幻水晶般的雙眸。

錯不了。絕對不可能會弄錯。她是……

「——這是〈公主〉？」

威斯考特抑制著急速跳動的心臟，同時以平靜的聲音如此說道。

沒錯。照片中顯示的人影，正是方才所提及的精靈〈公主〉。

「這是怎麼回事？難道說精靈在高中讀書嗎？」

威斯考特皺著眉說完話之後，艾蓮輕輕開口說道：

「她的名字是夜刀神十香。據說是在〈公主〉消失不見的同時，轉學進入都立來禪高中就讀的女學生。」

「自衛隊的處理方式是？」

「雖然鳶一上士曾經向AST報告有名學生長得與精靈非常相似，但是因為沒有觀測到精靈反應，所以將她判定為一般人。」

「用什麼觀測方法？」

「使用DS-06進行外部觀測。」

「愚蠢。」

聽到自衛隊所使用的觀測儀器名字，威斯考特將右手覆蓋在額頭上，嘆了一口氣。

「只用低準確度的車載型觀測儀器檢測過一次而已？單單只憑這一點就判定兩者只是偶然相似？」

「似乎是如此。」

「我現在更加確定了，艾蓮。和平痴呆比任何一種痴呆症都還要可怕呀！」

「我立即要求他們重新調查。」

「——不，等等。」

但是，威斯考特卻張開手制止艾蓮的動作。

「如果將這件事情交由溫柔的自衛隊高官們處理，他們頂多只會執行與健康檢查沒有什麼分別的檢測而已吧？」

「那麼……」

「——沒錯。由我方單獨進行檢測吧。這個做法比較迅速確實。」

「但是……」

制止艾蓮的發言。威斯考特明白她想說什麼。

既然這位夜刀神十香小姐有可能是精靈，那麼就必須準備好在她顯現出本性之際，能與之抗衡的戰力。

不過，要在自衛隊的管轄範圍內，祕密運用足以對抗ＡＡＡ等級精靈的人員與裝備，是一件相當困難的事情。

也就是說，現在的狀況是明明美食當前，卻無法出手。艾蓮之所以選擇對自衛隊提出再次調查的要求，也是因為顧慮到這一點的緣故。

「——再讓我稍微看看那個吧。」

「是。」

威斯考特指向艾蓮的手。艾蓮簡短回答之後，遞出原本拿在手上的文件夾。

快速翻閱過後——威斯考特揚起嘴角。

「哦……這不正是個好機會嗎？吶，艾蓮，妳已經很久沒跟精靈戰鬥，是時候該活動活動筋骨了。」

「…………」

聽見這句話，艾蓮的臉頰抽搐了一下。

精靈總是反覆無常而且神出鬼沒。即使備好最強戰力，精靈也不一定會如期出現；就算能將精靈逼到走投無路的地步，但是一旦「消失」的話，也等於是前功盡棄。

不過，如果預先知道精靈的所在位置，那麼事情就簡單多了。

「這件事情就交給妳處理吧——艾蓮。艾蓮·米拉·梅瑟斯。世界上無人能及、人類最強的巫師啊。妳一定辦得到。即使敵人是想要摧毀世界的殘暴精靈……」

艾蓮躊躇了一秒之後回答道：

「當然。無論敵人是誰，我都不會輸。」

聽見預料之內、料想之中的回答，威斯考特愉悅地笑了起來。

◇

吐出一口短促的呼吸，崇宮真那緩緩睜開眼睛。

可能是因為長時間沒有睜開眼睛的緣故，眼前盡是如同打上馬賽克般的模糊景象。身體使不上力氣，全身感到陣陣悶痛。

「這裡……是……」

一瞬間，居然無法分辨剛剛從喉嚨發出來的聲音是誰的。喉嚨乾涸、耳裡充斥著耳鳴聲。這些都是足以造成誤認聲音的要素吧。此外，也有可能是自己的頭腦根本已經忘記自己的聲音了。這個愚蠢的念頭浮現在腦海中。

經過幾分鐘之後，身體漸漸恢復知覺，真那終於可以確認自己的處境。

白色的房間。寬敞的床。身體各處皆被繃帶包捆起來，左手插有點滴，嘴巴戴著氧氣罩。胸口貼著看似電極片的東西，配合真那的心跳聲，心電圖發出規律的聲響。

真那不禁露出苦笑。無論怎麼看都像是一名重傷患者。

「我……為什麼，會在這裡……」

說完這句話，真那睜大眼睛。取下氧氣罩，撐起疼痛不已的身體。

接下來，轉過頭看向擺在櫃子上的電子時鐘。

——14：00　7/5　WED

「七月……五日……！」

看見標記在上頭的日期，真那屏住呼吸。

是這個時鐘壞了嗎？還是有人要欺騙真那，刻意對日期動了手腳？如果不是這樣的話……

那就代表從真那與〈夢魘〉(Nightmare)——時崎狂三在來禪高中交戰的那一日算起，已經過了近乎一個月的時間。

沒錯。那個時候，在顯現出天使的正牌狂三面前，真那輸得一塌糊塗。

除了真那與狂三之外，待在現場的人還有士道、十香、折紙三個人。真那不認為當時在場的人有辦法扭轉局面。那就表示，他們應該已經……

「哥哥……！」

真那粗暴地扯開貼在她胸前的電極片以及插在左手的點滴。途中，心電圖變得紊亂，發出「嗶──」的聲響。

此時，真那才終於發現一個基本問題。

「為什麼……我，沒有死呢……」

的確，身體感到疼痛不已。視線模糊不清。全身的感覺系統也尚未恢復正常。

不過──真那還活著。

雖然在那個食人魔──〈夢魘〉面前暴露出毫無防備的姿態，但是真那還是生還了。

既然如此，那就更教人感到疑惑了。在真那昏厥過去的時候，戰況陷入最險惡的狀態。高中屋頂上充斥著狂三的分身，在屋頂深處，則有狂三那操控時間的天使坐鎮其中。

無論是誰皆能一目了然的絕望情況。真那不認為這個世界上有人能突破這樣的困境。

不過，如此一來，就無法解釋真那為何還活著──除非是那個變態女人一時興起，突然改變主意。

真那將手擱到隱隱作痛的頭部。就算真那還活著，也不代表其他人沒有受到危害。當天待在現場的大家，現在是否平安無事呢？

「……咦？」

然後——正在沉思中的真那，突然發出聲音並且皺起眉頭。

因為有數名身穿黑色西裝的人，打開病房的門走了進來。

「——妳是崇宮真那吧？」

「……你們是誰？醫生與護士應該不會穿得這麼黑吧。」

真那以銳利的眼神望向他們。但是身穿黑色衣服的男子們卻完全不為所動。

「請妳跟我們走吧。我們不想對妳動粗，不過如果妳不乖乖配合的話，那就另當別論了。」

「……什麼？」

真那的臉上浮現不悅的神情，瞪向說話的男子。

「你知道你在跟誰說話嗎？動粗？對我嗎？哈！辦得到的話，就儘管試試看啊！」

說完後，真那當場站起來，像是在做暖身動作般地揮舞手腕。

「崇宮小姐，您沒事吧？」

說完這句話之後，打開病房的門——這名護士當場呆愣在原地。

「咦……？」

因為發現崇宮真那的心電圖出現異常，所以前來查看……但是這個時候，病房裡卻看不見任何人影。

凌亂的床鋪上，散落著被取下來的氧氣罩、電極片、點滴針頭等。而床鋪微微凹陷的狀態，說明不久前還有人睡在上頭的事實。

但是就算環顧四周、查看床鋪底下，也找不到應該還處於昏迷狀態的那名患者的身影。

護士急忙跑向床頭，按下呼叫鈴。

◇

「終於結束了……」

熟悉的鐘聲在校內響起的同時，五河士道像是用盡力氣一般趴在桌面上。雖然自己看不見，但是頭頂應該都冒出煙來了吧。

不過，這也沒辦法。因為士道剛剛才結束求學生涯中的難題之一——期末考。

「好了、好了，不可以這麼頹廢唷！請將考卷從後方往前傳過來吧～」

「啪、啪！」拍了拍手，站在講桌前方、身材嬌小、戴著眼鏡的老師大聲說道。她是這個班級的導師——岡峰珠惠老師。綽號「小珠」老師。

學生們以近乎殭屍的動作站起身來，依序將考卷交給坐在前方的同學。

與平時相比，同學們這次的「殭屍化」比例似乎更高了。不過這也是理所當然的事情。

因為期末考試的考試範圍原本就較為廣泛，再加上這間學校的學生們，在幾天前才遇到集體送醫的狀況。

上個月底，來禪高中發生了一起校內學生、教職員工集體昏迷的事件。

徹底檢查過瓦斯管線、建材以及散發瓦斯的異物之後，終於恢復正常上課……不過殘酷的是，校方並沒有更改期末考的日期。

「……嗯？」

就在士道將自己的考卷放進整疊考卷中並且送往前方的時候，坐在右側座位的少女的身影映入眼簾。少女與一秒前的士道相同，緊緊趴在桌面上。

「十香，妳沒事吧？」

「唔，嗯……」

聽見士道的詢問，十香緩緩抬起頭。

「沒事吧？」

「嗯……嗯，還好。」

十香露出疲憊的神情，揮了揮手。

在之前的期中考，她只有在答案紙上面塗鴉而已（分數方面因為令音動了點手腳，所以及格了）。但是自從聽過士道解釋考試的意思之後，十香也開始試著自己努力讀書。看來，她似乎是對於士道在讀書，自己卻無所事事這種事情感到厭煩吧。

對於十香這項自動自發的舉動，〈拉塔托斯克〉也抱持著樂觀其成的態度。所以在考試之前，還在五河家舉辦考前衝刺的讀書會……但是不習慣的讀書方式，果然還是大大削減了十香的體力。事實上，在讀書會開始的一個小時之後，十香便發燒了。就某方面來說，這可以說是不折不扣的智慧熱。

「好了。如此一來，第一學期期末考的全部科目都考完了。大家辛苦了。」

小珠老師大聲說道。教室中響起歡呼聲與放鬆的聲音。

「不過，今天還有重要事情要宣布，大家還不能回家唷！」

小珠老師提醒完畢之後，將整疊考卷整理好，接著走出教室。

就在這個時候，精疲力盡的十香搖搖晃晃地從椅子上站起來。

「士道……我去喝點水……」

「哦，好。沒事吧？」

「嗯……不用擔心。我只是有點累而已。」

說完後，十香踏著蹣跚步伐穿越教室，打開教室門走向走廊。

「哈哈……哎呀，她真的很努力呢。」

士道目送十香的背影之後嘆了一口氣，將身體靠往椅背——接著眉毛微微抽動了一下。

理由很簡單。因為士道的視線角落，出現了一名坐在左側位置上的女學生身影。

那是一名將觸及肩膀的頭髮用髮夾夾好，皮膚白皙的少女。由於少女將頭轉向左邊——窗戶的方向，所以無法窺探她的容貌。不過想也知道，少女現在應該也是面無表情吧。

鳶一折紙。士道的同班同學，同時也是狩獵精靈的ＡＳＴ隊員。

「……唔！」

明明什麼事都沒有發生，但是心臟卻一陣揪痛。士道不禁皺起臉孔。

自從上個月發生那件事情之後，士道就沒再跟折紙說過話了。

總覺得如果不把握住這次機會，就很難有機會再跟她交談了。他下定決心，開口說道：

「折……折紙……」

聽見士道呼喚自己的名字，折紙的肩膀在瞬間搖晃了一下，接著回過頭來。

「——什麼事？」

然後以一如往常，平靜而缺乏抑揚頓挫的聲音如此說道。

看見折紙的反應，士道不知為何感到稍微安心了一點。

不過，說完這句話以後，士道與折紙便陷入了一陣沉默。

「那……那個……」

繼續沉默下去也不是辦法。士道決定詢問那起事件的後續發展。

不過，在教室談論這件事情的話，又怕會被其他同學聽見。

所幸放學的班會還要一段時間之後才會舉行，十香也離開座位了。士道嚥下一口口水之後，再次開口說道：

「折紙。可以……暫時移動到只有我們兩人單獨相處的地方嗎？」

「…………！」

士道說完這句話之後，折紙的眉毛抽動了一下。

「兩人——單獨相處的地方？」

不知為何，折紙一字一句地重複了這句話。

「沒錯。例如，之前我們曾經去過的頂樓——」

「——跟我來。」

折紙倏地站起身，就這樣用力握住士道的手往前走。

「喂、喂，折紙？」

即使呼喚她的名字也得不到任何回應。沒有望向連接到屋頂的樓梯，折紙往人煙稀少的校舍深處走過去。
接下來，折紙就這樣直接走到位於校舍角落的女生廁所。
「不，等一下啦！」
「怎麼了？」
士道在緊要關頭掙脫折紙的手。於是，折紙一臉疑惑地歪著頭。
「這裡離教室很遠，所以考試期間不會有人來這裡。」
「不，話雖如此……」
「沒問題的。」
「等等，住手——不會吧！妳真的打算帶我去那種地方嗎！」
就算抵抗也沒用。士道的手被折紙用力拉住，直接被帶往最後一間單間。「喀鏘！」門被上鎖了。
「……那個……」
在明顯不是設計給兩人以上專用的狹窄空間中與折紙面對面，士道的臉頰滴下汗水。
然後，在視線的角落處，士道發現折紙開始有所動作。
「折紙，妳在幹什——」
話才說到一半，士道便屏住了呼吸。

這也難怪。因為折紙把雙手從左右兩方伸進裙子裡之後，就這樣直接將白色內褲脫到腳的中間位置。

「等……等一下！Stop！如果妳要小解的話，我到外面等妳吧！」

「……？」

然而，折紙看見士道的反應後，露出意外的神情，歪了歪頭。

接著，折紙立即揺了一下手，重新穿回內褲。這一次，折紙直接在原地蹲下來，把手伸向士道的腰際……「喀鏘！喀鏘！」解開士道的腰帶金屬扣。

「咿！」士道倒吸一口氣，慌慌張張地抓住折紙的雙手，阻止她的舉動。

「妳在做什麼！妳在做什麼啊！」

「……？那麼，你為什麼要帶我進來這裡？」

「是妳帶我進來的才對吧！」

士道快要哭出來似地大叫出聲，然後努力調整呼吸。

「我……只是想要問妳上個月發生的那件事情……」

「……啊啊。」

聽見士道的話，折紙臉上浮現一個恍然大悟又帶點失落的表情。

「……妳本來以為我想要幹什麼？」

「我本來以為……」

「我果然不該問這個問題的，對不起。」

「是嗎。」

折紙倏地站起身來看著士道的臉，然後靜靜地開口說道：

「——審問的結果是，我必須接受為期兩個月的禁閉處分。」

「咦？」

「這是那起事件發生之後的事情。」

「禁閉……也就是說，不會被AST免職囉？」

士道發出驚訝的聲音。折紙不發一語地點了點頭。

「是嗎……沒被炒魷魚啊……」

士道將手放在胸口前，鬆了一口氣。此時，折紙的眉毛抽動了一下。

「為什麼是這種反應？」

「啊，不……的確，說得也是吶。到底是為什麼呢？」

被折紙這麼一問，士道困惑地搔了搔頭。

士道並不希望折紙與精靈交戰。可以的話，甚至希望她能脫離AST。

但是不知為何，從折紙口中聽見這項訊息的瞬間，士道還是感到一絲絲的安心。

「──我，還是不太能接受。」

「……！」

聽見折紙的話，士道屏住呼吸。

因為士道在第一瞬間便明白了折紙話中的意思。

「火焰精靈〈炎魔〉。你對我說過，殺害我雙親的精靈並不是她──但是，能證明這一切的證據，卻拿不出來。」

「……那是……」

折紙為了消滅以前殺死雙親的精靈，所以加入了ＡＳＴ。

然後，就在上個月，她終於遇見被認定為仇人的精靈。士道的妹妹──琴里。

理所當然的，折紙豁出一切展開猛烈攻勢，寧願違反法律與規定也要殺死琴里。

不過，就在這個時候，士道回想起五年前的一段回憶。被火焰吞噬的街景，以及──身處其中的，另一名精靈的存在。

「妳說得沒錯。但是……請妳相信我。我……絕對不會說謊──」

「請你不要誤會了。我沒有不相信士道。我想要相信你所說的話。而且，嚴格來說，我反而希望你所說的話是正確的。」

「咦……？」

「可以的話，我也不希望殺死士道的妹妹。」

「折紙……」

士道在瞬間睜大眼睛，握緊拳頭，然後微微低下頭。

「──謝謝妳，折紙。」

「那是我該說的話。」

折紙再次從士道身上挪開視線，接著說出這句話。不明白折紙所言何意，士道微微皺起眉頭。

折紙慢慢將視線移回原本的位置，同時略顯猶豫地開口說道：

「謝謝你……謝謝你願意像往常那樣跟我說話。」

「……不，我說妳呀……」

「我，是打算殺死你妹妹的人──不，在那之前的三個月前，我就已經下手殺你了。」

「…………」

士道露出愁眉苦臉的神情，胡亂搔了搔頭。

「不要在意……這種話我是不會說的。但是──即使如此，折紙，我還是想和往常一樣跟妳聊天。不行嗎？」

聽見士道的問題，折紙在一瞬間露出猶豫的神情，然後用力搖了搖頭。

「可以。」

士道抱起雙臂，再次點點頭。

「那麼，我們差不多該回教室了。班會時間馬上就要開始了。」

「——等等。最後我想要確認一個問題。」

「嗯？什麼事？」

士道將身體轉回後方，同時如此說道。接下來，折紙凝視著士道的臉。

「——士道，你是……人類嗎？」

「……！」

啞口無言——不過，那其實是預料之內的問題。

「從以前我就覺得很奇怪。那個時候，我確實擊中了你……但是，你在幾天後卻毫髮無傷地來到學校。還有——之前在遊樂園的時候也是如此。」

沒錯。折紙攻擊琴里的那一天。在封印琴里的靈力，並且表現出從琴里那裡獲得的再生能力之後，士道便告訴折紙……

——現在的琴里只是人類，〈炎魔〉的力量已經轉移到自己身上。

——所以，如果要攻擊的話，就對我下手吧！

「唔……」

仔細想想，士道實在是太胡來了。

雖然為了說服折紙，士道不得不這麼做。但是自己居然向與精靈敵對的ＡＳＴ隊員，洩漏如此重要的祕密。

或許是從表情推測出士道的想法，折紙不等士道回話便開口說道：

「放心吧。我沒有向上級報告。」

「是……是嗎？」

聽見士道的疑問，折紙毫不猶豫地點點頭。

「不過，為什麼……」

「我不能散播未經確定的情報，讓部隊陷入混亂狀態。況且，如果你被判定為精靈，ＡＳＴ很有可能會下達追殺命令。」

「……！」

心臟劇烈跳動。追殺命令。這句話只代表著一個意思。也就是說——ＡＳＴ，身穿機械鎧甲的現代巫師們，將會全力以赴地前來追殺士道。

不過，這也是理所當然的事情。畢竟，士道封印了精靈的能力，而且還能使用其中一部分的力量。所以即使被判定為精靈也不奇怪。

不過——

「我……是人類喔。至少，我是這麼認為的。」

士道並不是故意要借用琴里所說過的話，但是除此之外，士道也不知該如何回答。

「是嗎。」

「妳相信……我的話？」

「我已經說過了。我想要相信你所說的話。」

轉頭看了士道一眼，折紙繼續說道：

「等到你能向我解釋的時機來臨時，再請你詳細跟我說清楚吧。」

「……抱歉。謝謝妳。」

士道如此說道。接下來，折紙打開狹窄洗手間的門，走出廁所。

瞬間過後，士道才發現自己獨自一人被遺留在這個危險區域中。在環顧四周情況的同時，慌慌張張地逃離廁所。

不過，就在士道緊追在折紙身後，走過走廊返回教室的時候……

「……士道？」

聽見背後傳來十香訝異的聲音，士道的肩膀搖晃了一下。

「十……十香……」

已經喝完水的十香，一臉訝異地來回看著士道與折紙，露出嚴厲的表情繼續說道：

「為什麼士道會和鳶一折紙從女生廁所中走出來呢？」

「呃！」

瞬間，士道臉上冒出冷汗。被看得，一清二楚。

「不，不是那樣。那是因為……就是……」

就在士道打算解釋清楚時，周圍已經可以看見學生們的身影。所以士道不能隨便亂說話。

「…………」

接下來，折紙不發一語，彷彿別有用意似地朝士道使了一個眼色。

「剛剛那是什麼！你們到底在做什麼！」

「祕密。那是屬於我們兩人的，祕密。」

「妳……妳說什麼！」

折紙豎起一根食指，擺在鼻子前方。看見這個不像是折紙會擺出來的俏皮手勢，十香瞪大眼睛大聲叫道。緊接著，對士道投以銳利的視線。

「士道！你剛剛在做什麼！」

「咦！不……那個啊……」

士道尷尬地搔了搔頭。其實告訴十香也無所謂……但是他實在不想在近四十名學生的教室中，談論方才的事情。

「……抱歉，我晚點再告訴妳。」

「！」

無可奈何的士道低下頭。然後，十香露出一個彷彿背後出現「打擊！」二字的表情，癱坐在原地。

「十……十香！」

「嗚……嗚嗚嗚嗚……為什麼，鳶一折紙可以，而我就不行呢……」

十香發出不甘心的呻吟聲，咬牙切齒起來。

「冷……冷靜一點！等一下！我等一下就會跟妳解釋清楚！」

「真……真的……嗎？」

「真的！我說的是真的！」

士道屈膝跪下，手忙腳亂地對十香如此說道。這個時候，十香才終於抬起充滿不安的臉龐。

但是……

「……不能說。不可以告訴別人你對我做過那種事情……」

聽見折紙的話，十香驚訝地瞪大雙眼。

「士……士道……？你到底……」

與此同時，周圍傳來竊竊私語的聲音。

「咦……五河同學真是低級～」「我第一次看見鳶一同學露出那種表情……」「大白天的，他們到底在學校做什麼呀？」「明明已經有十香了……」「可惡……可惡……」「喂，要製毒的話，是要混合酸性物質與氯氣系列吧？」「現在立即點播第十三號讚美詩歌（註：在經典漫畫《殺手13》中，要委託殺手Golgo 13時，需要播放十三號讚美詩歌）吧！」

「大家誤會了，我什麼都沒做呀！而且後半段說出那些發言的人，你們打算幹什麼啦！」

士道大聲說出辯解的話語。不過，周圍投射在自己身上的黏人視線卻沒有消失。

就在此時，從背後傳來開啟教室門的聲音，小珠老師的身影出現在門外。

「好了、好了～請各位同學回到位置上坐好。班會要開始囉！」

「好……好了，十香！總之先回到座位上坐好吧！吶！大家也回去坐好吧！」

真是天助我也。士道以超乎常理的音量大聲喊叫，然後率先坐回座位。

雖然大家似乎還有話要說，但是既然老師來了，那也沒辦法。於是同學們陸續返回座位。十香也是如此。她一邊說著：「……等一下要將詳情全部告訴我唷。」一邊坐到椅子上。

看見這副景象，小珠老師不禁笑出聲來。

「哎呀～好像很有趣吶。發生什麼事了嗎？」

「沒有，請妳不要介意……」

不斷冒出冷汗的士道如此說道。然後，「哎呀、哎呀～」小珠老師愉悅地露出微笑之後，站在講桌前方。

「好了，那麼放學班會要開始了。不過，在開始之前，我們得先決定一件事情。」

「請問老師，要決定什麼事情呢？」

殿町高高舉起手發問。小珠老師輕輕點頭之後，繼續說道：

「要決定教育旅行的房間分配，以及飛機的座位唷。」

「……啊？」

就在小珠老師說完的瞬間，士道不自覺發出聲音。

這麼說來，七月中旬——放暑假前，即將舉行一場前往沖繩的教育旅行。

集體昏迷事件、期末考以及與精靈相關的各式各樣案件接連發生，讓士道忘了這項在學生生活中的重要事情。

話雖如此，但是忘記的似乎不只有士道而已。幾乎多達三分之一的同學也像士道那樣，低聲嘟囔著：「啊……對耶……」

「呵呵呵，大家似乎都忘了呢。好了，那就快點——哎呀，對了。」

小珠老師像是想起某件事情一般挑著眉，取出原本夾在點名簿裡的一張紙。

「在那之前——這次的教育旅行，變更目的地了。」

「——咦？」

全班的聲音，完美地重疊在一起。
這也難怪。距離教育旅行已經不到半個月。最後關頭才改變目的地，這種事真是前所未聞。
「嗯……總之就是這麼一回事唷。」
「那個……所以，到底將目的地變更成哪裡呢？」
殿町再次提出疑問。
沒錯。雖然在意校方為何臨時要更改目的地……但是對於大家而言，這個問題更加重要。
畢竟原本的目的地可是沖繩啊。湛藍海洋、白色沙灘。那兒可是能夠一邊品嚐炸蛋球與金楚糕，一邊享受充滿珊瑚礁與沖繩風情的旅行聖地。為了這一天，不少女孩子新買了泳裝。如果突然將目的地改變成無海縣市的話，學生們很有可能會群起暴動，那可不是開玩笑的呀！
似乎是感受到這股不平靜的氛圍，小珠老師稍微拉高了聲音繼續說道：
「放……放心吧。變更後的場所，是個很棒的地方唷！」
「所以，到底要去哪裡呀？」
「那個……或美島。」
小珠老師說出這個地名之後，「啊……」半數同學們發出嘟囔聲，另外一半的同學們則疑惑地歪著頭。
「我記得或美島……是在伊豆那邊吧？」

「什麼嘛～那不就在附近而已嘛！降級了呀。」

「不……不要這麼說嘛！那也算是一個不錯的觀光地點呀。」

「好了、好了！請安靜！」

小珠老師拍了拍手，要起了小小騷動的全班同學安靜下來。

而全班則在「只要有去海邊就好了」的共識之下，乖乖聽從老師的指示。

「細節部分會在改版過後的旅遊指南中詳細說明，所以我們現在先來決定房間分配吧。請和交情好的四、五位朋友分在一組吧。」

小珠老師下達指令之後，每個同學在一瞬間用觀察的眼神望向周圍，接著推開椅子站起來，加入與自己要好的朋友圈中。

殿町也走到士道身邊。

「喂，五河，你要不要跟我同一組——」

「士道！」

不過，從右方傳來的叫聲卻掩蓋了殿町的聲音。

眼睛閃閃發光的十香從桌子旁探出身子。

「關於房間分組的事……我們同一組吧！」

「咦……咦咦？」

士道下意識皺起眉頭，發出錯愕的聲音。不過，十香卻表現出完全不明白士道為何驚訝的樣子，一臉疑惑地歪了歪頭。

「嗯？怎麼了？」

「不，不管再怎麼樣也不能做出這種事吧？」

「為什麼？不是五人一組嗎？既然如此，那就沒有問題了呀！」

「不……不可以唷，夜刀神同學。男生與女生不能在同一組！」

可能是聽見他們對話的關係，小珠老師站在講桌那裡大聲喊叫。

「姆……為什麼？我想跟士道同一組。」

「妳……妳問為什麼……那是因為……」

小珠老師的臉紅得像酸漿果似的，吞吞吐吐地如此說道。

士道嘆了一口氣，然後轉身面對十香。

「不要為難老師了。總而言之，男女不能分在同一間房間。」

「唔……是嗎？」

十香失望地垂下肩膀。不過，隨即又抬起頭來。

「對了！」

十香說完這句話之後，走到教室外面。接下來，教室的門被緊緊關上，「喀噠喀噠！」從走廊傳來一陣聽起來像是在使用儲藏櫃的聲響。

一分鐘之後，教室的門再次被打開，十香走進教室。

——那是把裙子換成運動褲，將頭髮綁成馬尾的十香。

「……十香？」

「不對。我——老子是十……十，沒錯，老子是阿徹！（註：日文發音中，徹（とおる）的前兩個讀音與十香的「十（とお）」發音相同。）」

士道呼喚十香的名字之後，不知為何，十香刻意壓低聲音做此回答。

十香的意圖顯而易見，那就是……

「就是這麼一回事。小珠老師，老子今天是個男人。這樣應該就沒問題了吧？」

「問題可大了！」

忍無可忍，小珠老師大叫出聲。

「姆……這樣也不行嗎……」

十香露出失落的表情，沮喪地彎腰駝背。然後……

「——等等！」

此時，一個出乎意料的人物出面為十香解圍。那個人就是折紙。

「希望你們可以認可夜刀神十香的說法。務必要網開一面。」

「咦……咦咦？」

聽到總是與十香火水不容的折紙的發言，小珠老師露出訝異的表情。不，不只有老師。看過她們平時爭吵不斷的同學們，也都是一臉驚訝。

「妳這傢伙……妳有什麼目的？」

「我只是被妳不氣餒的態度所打動。妳絕對有資格進入男孩子的房間。」

十香半眯起眼睛，以警戒的眼神凝視著折紙一會兒。經過幾秒之後，從鼻間哼了一聲，然後挪開視線。

「……我……我是不會向妳道謝的！」

「不需要。」

「等……等一下、等一下！妳們怎麼可以擅自決定呀！那是不行的唷！」

「砰！」小珠老師用手拍向講桌，出聲制止她們。

不過，折紙自顧自地繼續說道：

「——不過，如果妳想要以男性的身分參加教育旅行的話，就必須嚴格遵守規定。」

「規定？」

「沒錯。無論是上廁所或是洗澡，都必須跟男生一起行動。」

「什……！」

「哦哦……！」

十香漲紅了臉、屏住呼吸。與此同時，男同學們也不約而同地騷動起來。而女生們則以冷淡的眼神注視著這些男生。

「當然，就算被人目不轉睛地看著、藉機觸摸等，都是合法的。因為妳是男生。」

「什……什什什……」

十香顫抖著雙手，以泫然欲泣的表情瞪視折紙。

不過，折紙完全不在乎，只是將視線投往士道身上。

「——不過，讓一名女孩子變成男生是非常不平衡的情況。所以有必要好好地彌補完整。」

「啊……？什麼意思……」

「既然增加一名男孩子了，那麼就只能讓士道變成女孩子。」

「什麼！這是什麼邏輯呀！」

「一起洗澡吧，士美。」

「那是我的名字嗎！」

士道忍不住大叫起來。模範生折紙所說的話一定沒有錯吧？就連原本露出這種表情的同班同學們，也不禁歪著頭發出「嗯嗯？」的疑惑聲。

就在這個時候，將手抵住下巴陷入沉思的十香，倏地瞪大眼睛。

「等一下！如果士道變成女孩子的話，那就不能跟我住同一個房間了呀！」

「妳就以男孩子的身分，堅強地活下去吧。我會替妳加油的。」

「嗚……嗚嗚嗚！妳算計我！鳶一折紙！」

「啊……冷靜一點！總而言之，男女必須分開住！也不准更換性別！」

士道以至今為止最大的音量如此說道。然後，兩人才終於安靜下來。

看到事情解決，小珠老師才鬆了一口氣。不過——

「好……好了，就算不能住在同一間房間，不過飛機座位可以自由安排。如果能坐在旁邊也不錯啊？」

就在小珠老師說出這句多餘的話的瞬間，十香與折紙的眼睛再次發出光芒。

第二章　暴風少女

「教育旅行？啊啊，我聽說了。是要去沖繩吧？」

在空中艦艇〈佛拉克西納斯〉的艦橋內，五河琴里一邊轉動含在嘴裡的加倍佳，一邊對部下的報告事項做出回應。

用黑色髮帶將長長頭髮綁成雙馬尾，肩上披著深紅色外套。宛如橡實般圓滾滾的眼睛。仍舊帶點稚氣的容貌。眼前這名嬌小女孩出現在艦橋這種地方，無論怎麼看都顯得格格不入。

「……不是的，校方突然變更目的地。要去的地方是或美島。」

眼睛周圍堆滿明顯的黑眼圈、身穿軍服的女性——村雨令音猶如酒醉般，搖頭晃腦地如此說道。

「變更？在這種時候？為什麼會這樣？」

「……啊啊。大約一個月之前，有一家名為克羅斯的旅行社與校方做接洽。據說為了推廣觀光，旅行社隨機選中士道就讀的學校，希望能招待他們到島上遊玩。以拍攝宣傳手冊用的照片為條件，教育旅行的費用將全部由公司負擔。」

「哈……真大方呀……不過，雖然條件誘人，但是居然會在最後關頭改變目的地？住宿的地方應該早就訂好了吧？」

「……聽說原先預定好的旅館突然崩塌，完全無法使用。旅行社就是在此時提出申請，所以校方才會急忙答應。」

「崩塌？」

令人不安的消息。琴里驚訝地皺起眉頭。

「……是的。雖然還不知道詳情，不過原因恐怕是建築老舊吧。」

「哦……時機未免太湊巧了，讓人不得不介意……不過既然對方都說可以了，那應該也是不錯的安排。令音也去放鬆一下吧。」

琴里輕輕聳肩，同時如此說道。

村雨令音是〈拉塔托斯克機構〉的分析官，同時也是來禪高中二年四班的副導師。所以這次的教育旅行將會以教師的身分隨行。

不過，令音卻突然低下頭，表情複雜地低聲嘟囔。

「怎麼了？」

「……不，可能是我杞人憂天了。但是這間名為克羅斯的旅行社——追本溯源，似乎是DEM Industry的關係企業。」

「妳說什麼？」

聽見這個名字，琴里露出警戒的神情。

Deus Ex Machina Industry。總公司設立於英國，為世界上屈指可數的大型企業。除了〈拉塔托斯克機構〉的本體之一——亞斯格特電子公司之外，ＤＥＭ公司是世界上唯一擁有製造顯現裝置技術的公司。

同時也是抱持與琴里一行人隸屬之〈拉塔托斯克〉所主張的和平封印精靈相反理念的組織。

也就是，積極消滅精靈。

「……怎麼想都很可疑呢。」

琴里豎起加倍佳的糖果棒，眉間的皺紋顯得更深了。

前往教育旅行的來禪高中一行人當中，也包含士道與十香。所以最好還是做好準備，防患未然。

「或許只是巧合，不過為了小心起見，還是讓〈佛拉克西納斯〉配合旅遊行程一起跟過去吧。如此一來，遇到突發狀況時，我們就能夠立刻採取行動。不過實際上，可能會比較像是去度假的吧。」

「……嗯，說得也是吶。那就這麼辦吧。如果有什麼問題，我會從現場進行聯絡。在那之前，〈佛拉克西納斯〉只要在原地待機就可以了。」

「旅行日期是什麼時候？」

「……從七月十七日開始，為期三天兩夜。」

「呃！是嗎？那一天，我必須回去本部。糟糕了。」

於是，就在琴里露出困擾神情，用手抵住下巴的時候，背後傳來「颯」的腳步聲，一名身材高挑的男性現身了。

〈佛拉克西納斯〉副司令——神無月恭平豎起大拇指，臉上浮現爽朗笑容。皚眼的潔白牙齒正在閃閃發光。

「真是傷腦筋吶。該怎麼辦才好呢？」

不過，琴里卻看都不看他一眼地繼續說道：

「……姆，不能錯開日期嗎？」

「應該是不可能。需要親自出席的圓桌會議，一年都不一定能辦成功一次。」

琴里說完這句話之後，一直站在背後的神無月往前邁進一步，轉過身擺出猶如特技表演般的奇妙姿勢，接著靜止在原地不動。不知為何，總覺得在他的背後可以看見「咚嘎啊啊啊啊啊」或是「咚咚咚咚咚咚咚咚」等狀聲字。

「……是嗎，那麼如此一來……」

「沒錯，只能將船艦交給其他人負責了。如果可以的話，我希望拜託令音妳……」

「……我必須跟隨他們到現場。如果現場沒有聯繫人員的話，那就傷腦筋了。」

「這樣啊，還有其他人選嗎？」

琴里以混雜著嘆息的口氣低聲呢喃，神無月便轉著圈子躍身至兩人面前，像天鵝般優雅地張開雙手——

「煩死了。」

「眼睛被粒子砲給……！」

被琴里的剪刀手插中雙眼之後摔倒在原地。

「你在幹什麼呀！從剛剛就一直在這邊晃來晃去。如果要創作舞步的話，可以請你去別的地方嗎？」

「不不不，您在說什麼呀？從妳們的談話聽起來，司令似乎正在尋找可以在士道的教育旅行中，擔任掌管〈佛拉克西納斯〉的代理人員啊。」

神無月倏地張開雙手。

「除了我以外，還有人可以擔當這個重責大任嗎！沒有，根本沒有！這只是一種反問法！」

「所以，如此一來，果然還是要交付給幹本或川越嗎？」

「……這個嘛……他們確實是優秀的船員，只是不確定是否有出色的領導能力。」

「放置PLAY！是這麼一回事嗎？」

就在兩人無視神無月繼續對話的同時，神無月開始發出「哈啊！哈啊！」的喘氣聲。由於聽起來相當使人厭煩，所以琴里嘖了一聲，同時將視線落到他身上。

「……可是之前我不在的時候，聽說你相當亂來呀？」

「沒問題的！那個時候是因為對於司令的愛產生大爆炸了！噗嘻！這次絕對沒問題！我一定會認真地暗地守護，讓士道寫下青春的一頁詩篇！」

「……令音？」

「……反正我也會待在現場，所以應該不要緊吧。」

像是要揮去纏繞在胸口的不安感，琴里深深嘆了一口氣。

◇

七月十七日，星期一。在飛機上搖晃了約三個小時之久。包含士道一行人的來禪高中二年級學生們，終於抵達這座漂浮在太平洋中的島嶼。

「哦……哦哦……！」

走出機場的十香，睜大了眼睛，興奮地揮舞雙手。

不過這也難怪。因為此刻在她的視線中，出現了一片如果不轉動頭部就無法盡收眼底的美麗風景。

道路與沙灘的對側便是廣闊的大海，分割天地的水平線綿延不絕。天空晴朗。閃閃發亮的太陽光傾瀉而下，將海洋點綴成美麗的漸層色。

「這……這就是……大海嗎！」

十香大叫出聲。像是在測量大小般，倏地攤開雙手。

理所當然，她纖細的雙臂自然無法圈住廣闊的大海。十香表現得更加興奮，肩膀微微顫抖並仰起身子。

「哈哈……真是有精神吶。」

話說回來，十香應該是初次親眼看見大海吧。看見十香稍嫌誇張的舉動，士道不禁露出苦笑，聳了聳肩。

或美島。是一座位於伊豆群島與小笠原群島之間，總面積約七十平方公里的島嶼。

三十年前發生連續空間震之際，島嶼的北部被挖空了一塊，直到近年才被再次開發成觀光用地。就某方面來說，這個地方與士道一行人所居住的天宮市擁有相似的背景。

被完美規劃整理過的北街地區裡，和其他再開發地區一樣實施了完美的防災政策。再者，因為空間震而被完整切斷的海岸，形成一幅珍貴且美麗的景色，不單單只有日本，還吸引了許多國外的觀光客前來觀賞。

當然，對於因為空間震而喪命的受害者而言，這似乎顯得有些不尊重……不過，面臨人口銳減問題的這座島嶼，卻可說是託空間震之福，逐漸繁榮成一個觀光景點。

「嗯……」

雖然不像十香反應那麼激烈，不過士道也並非在絕景之前卻還能無動於衷的人。他環顧四周風景，一邊深呼吸一邊伸了個懶腰。

不過，此時士道卻不經意地打了一個呵欠。

「呼啊……！」

可能是因為很早就集合的緣故，眼皮變得異常沉重。坐飛機時也是差點睡著。

哎，話雖如此……

士道看了依舊興奮地手舞足蹈的十香，以及從機場出口走出來的折紙一眼，同時嘆了一口氣。

不知是幸或不幸，飛機的座位是三列為一排，所以才能獲得士道坐在中間，十香與折紙分別坐在左右兩旁的完美安排。不過……

（士道，你看。風景好漂亮。）

（士道！這裡的景色也很漂亮——啊！離窗戶好遠！鳶一折紙，妳這傢伙是故意的吧！）

（是妳自己不好。在決定座位的時候沒有提出意見。）

（咕嗚嗚嗚嗚……）

（士道。你看，可以看見水平線。）

（唔……士……士道！這裡也有，就是……快看那個！好厲害呀！飛機航道好壯觀呀！比起什麼水平之類的東西更加漂亮吶！）

（快看。這裡能望見遠方的山丘。靠過來一點。）

（嗚嗚……這……這邊也是……！士道，你看！令音的胸部有座巨大的山峰……！）

（通過雲層了。看，雲海。像絨毯般的白雲。）

（這……這邊也有……嗚……嗚啊！）

……就是因為被這些立體聲響吵鬧，所以才會淪落到想睡卻睡不著的下場。

「嗯……？」

突然間，原本興奮不已的十香發出奇怪的聲音，接著四處張望。

「妳怎麼了，十香？」

「……不，總覺得好像有人在看我吶。」

「咦？」

就在士道歪頭的瞬間，傳來「喀嚓」的聲響，兩人隨即被一陣閃光包圍。

「哇！」

這個突如其來的狀況，讓人不禁用手遮掩臉孔。瞇起刺痛的眼睛往光源的方向看過去，那裡正站著一名拿著大型照相機的女性。

那應該是被稱為「北歐金髮（Nordic Blonde）」的髮色吧？對方是一名擁有飄揚在風中的淡金色頭髮的少女。與東方人明顯不同的立體五官，還有雪白肌膚為其最大特徵。

「那個……請問有什麼事嗎？」

士道一臉疑問地出聲詢問。於是，少女放下照相機將視線望向這邊。

「失禮了。我是克羅斯旅行社派來與你們同行的攝影師——艾蓮．梅瑟斯。從今天開始的三天內，我將負責記錄大家的旅行過程。剛剛擅自拍照，真是非常抱歉。如果冒犯到你們的話，我願意向你們道歉。」

「啊啊，不，沒什麼大不了的。」

話說回來，之前確實聽說會有攝影師隨行拍攝旅遊照片。只是沒想到對方居然是外國人——而且還是與士道一行人年紀差不多大的少女。

「打擾了。先行告退。」

就在士道與十香以稀奇的眼光打量少女的容貌之際，艾蓮再次鞠了個躬，往其他同學的方向走過去。

「那傢伙是誰呀？」

十香抱起雙臂，像是覺得不可思議地歪著頭。

「誰知道……不過，妳剛剛覺得有人在看我們，這句話是正確無誤的。」

「唔，嗯。」

十香說完後，環顧四周，最後抬起頭來。

「……但是我覺得似乎還有別的視線在看我們……」

「什麼？」

聽見這句話，士道皺起眉頭，往十香盯著的方向看過去——但是那個地方，除了彷彿在慶祝士道一行人到來而晴空萬里的天空之外，別無他人。

◇

「這是亞德普斯1號的來電。目標已經進入島嶼。」

「六號攝影機、北街區、赤流機場。目標確認。」

「這裡也確認完畢。是〈公主〉。」

配合從艦橋下方傳來的聲音，螢幕上出現一名少女的身影。

那名少女擁有與AAA等級精靈——識別名〈公主〉一模一樣的容貌。

「嗯……」

ＤＥＭ公司製作的五百公尺等級空中艦艇〈阿爾巴爾德〉。

坐在艦長席的中年男子，輕輕低聲呢喃，同時撫摸長有鬍子的下巴。

詹姆斯．Ａ．派汀頓。DEM Industry公司第二執行部的上校同等官，也是威斯考特所任命的這艘〈阿爾巴爾德〉的艦長。

「真是令人失望呀。她真的是精靈嗎？」

「——千萬不能輕忽大意。」

從艦橋的擴音器傳來年輕女性的回應。

無線電呼號亞德普斯1號，那是直接派遣至現場的ＤＥＭ第二執行部部長——艾蓮的聲音。

「她有可能是精靈。僅僅如此，就足以構成實行一級警戒的理由了。」

身影出現在右側畫面的艾蓮都如此說道。但是派汀頓卻聳了聳肩膀同時回答：

「我會銘記在心喔。」

似乎是對於派汀頓的反應感到不滿，艾蓮輕輕皺起眉頭。

「……嘖！」

派汀頓以艾蓮聽不見的音量，輕輕咂了個舌。

先不管什麼「最強巫師」，自己居然得服從年齡足以當自己女兒的小女生的命令，那可真是令人不悅。而且還是那個被謠傳為威斯考特情婦的女人。

但是，派汀頓並不是個連賦予在自身的立場與職務都無法理解的無能之輩，也不是個會受到毫無意義的負面情感影響而口出惡言的幼稚傢伙。他咳了一聲之後，對畫面上的少女做出回應：

「所以，接下來該怎麼辦？雖說是精靈，只要派出〈幻獸・邦德思基（Bandersnatch）〉，應該就能輕易逮捕那名小女孩了吧。」

「事情沒有那麼簡單。我們還是小心為上。總之先切斷電波訊號吧。」

「是。並聯啟動〈阿休克羅夫特（Ashcroft）-β〉二五號機到四〇號機，展開恒性隨意領域。目標——或美島全區。」

對派汀頓的聲音做出回應，船員們動作迅速地操作電腦。

接下來，播放在畫面上的或美島影像上，覆蓋了一層像是用CG畫出來的薄圓頂。

肉眼無法看見，更觸摸不到的隱形之壁。隨意領域。

現在，〈阿爾巴爾德〉正飄浮在距離或美島上方兩萬公尺之處。

從那裡使用搭載在船艦上的顯現裝置——〈阿休克羅夫特-β〉，對島嶼全部區域展開隨意領域。其規模之廣泛，是AST人員所無法比擬。

於是，除了艾蓮一行人所使用的特殊通訊機器之外，島內與島外的通訊已全然被切斷。因此——無論在這個島上發生什麼事，AST都不會插手。

「——對了，話說回來，那位巫師該怎麼辦呢？」

派汀頓撫摸著下巴並且提出疑問。如果沒記錯的話，有名AST巫師與任務目標同班。不過，聽說那名巫師遭到禁閉處分，暫時不能使用顯現裝置，所以應該不會造成妨礙……但問題是，那名巫師已經與艾蓮見過面了。

「沒關係。我們見面的時間只有幾分鐘而已，而且那時我還戴著墨鏡。應該不會注意——」

此時，在通訊途中，艾蓮的話突然消失了。望向螢幕，似乎是因為突然有一陣風吹拂而過，所以艾蓮掩住了臉孔。

「沒事吧？執行部長大人。」

「我沒事。不過……真是奇怪。」

說完後，艾蓮眺望天空。

與此同時，原本在艦橋的大螢幕上播放的影像開始出現變化。

派汀頓不自覺地皺起眉頭。

理由很單純。因為天空和雲朵現在像是被隱形的手臂攪拌一般……

正以超乎常理的速度形成漩渦快速轉動著。

「啊啊，真是的。妳要被丟下了唷！喂，十香，快走啊！」

士道在快步行走的同時回過頭去，對仍然歪著頭的十香如此說道。

沒錯，從那之後，十香還是感到相當介意，不時查探四周的情況。但就在不知不覺之間，學校的眾人已經開始移動了。

「嗯……抱歉。不過我真的覺得有人在看我。」

十香以小跑步的速度跑過來，同時語帶歉意地如此說道。士道嘆了一口氣。

「如此大聲嚷嚷，也難怪會被人行注目禮。」

「姆，是這樣嗎……」

十香低聲呢喃幾句之後，陷入沉默。

「我看看……應該是這邊吧？」

士道腦袋回想出發前所看見的地圖，走到叉路之後往左轉。一開始要去參加的資料館應該是往這個方向。

他順便在這個時候觸摸右耳，確認小型耳麥還戴在耳朵上。為了因應旅行中十香發怒的情況，所以士道被要求事先戴上這個耳麥。

琴里今天得前往總部報到，一整天都不在。不過〈佛拉克西納斯〉現在正飄浮在這座島嶼上空。在最壞的情況下，只要利用這個取得聯絡，應該還不至於會迷路。

「嗯……？」

聽見後方傳來十香的驚訝聲響，士道停下了腳步。

他回過頭去，看見十香正抬頭仰望天空。

「喂，妳有完沒完呀。就算再怎麼看——」

「不……不對。好像有點不對勁？」

「啊……？」

聽十香這麼一說，士道也望向天空——然後一時說不出話來。

「這……這是……什麼？」

直到剛剛為止還晴空萬里的天空中，灰雲開始捲成漩渦不停打轉。

接下來，四周景色漸漸地，以驚人的速度產生變化。

晴朗天空轉變成烏雲密布。風平浪靜轉變為狂風大作。原本平靜的水面掀起洶湧大浪。

時間上，沒有超過一分鐘。

在短短的時間內，士道兩人所在的世界景色驟然改變。

如同地鳴般的風聲呼嘯而過，生長在周圍的樹木劇烈搖晃。這是相當於強烈颱風等級的暴風。

可能是附近垃圾桶被吹翻的緣故吧？空罐子與報紙從眼前飛過。

士道立即抓住十香的肩膀，讓她彎下腰來。不然的話，很有可能會被強風吹到跌倒。

「這——到底是……！」

士道用手遮住臉龐，皺起眉頭。

氣象預告說這三天教育旅行應該都是晴天才對啊。雖然士道不認為會有百分之百的準確度，但是這種天氣也太過異常了。

「十香，妳沒事吧？我們趕快到資料館內——」

「士道！危險！」

就在說話途中，十香突然撞開士道的身體。

「什……」

下一瞬間，金屬材質的垃圾箱飛過來，重重撞擊在十香頭上。

「嘎噗！」

發出一陣滑稽叫聲之後，十香當場倒在地上。

「喂、喂！十香！十香！」

即使士道慌慌張張地大聲叫喚、搖晃她的肩膀，十香依舊沒有睜開眼睛。

「嗚……沒辦法了。」

士道努力揹起全身無力的十香，往資料館的方向邁進。

緩慢卻確實地，一步一步往前走。

「就快到達了，十香……！」

——接下來，不知走了多久……

「啊……？」

士道不自覺地皺起眉頭。

因為在狂風大作的天空中心……

——在那個地方，士道看見了兩個看似人影的東西。

「那是……」

士道倏地屏住呼吸。

在天空中飛翔的人影，士道只想到兩個可能性。

那就是——精靈，以及ＡＳＴ的巫師。

「怎麼會……」

不祥的預感浮上心頭。

非比尋常的突發性暴風。假如那是精靈的力量所引起的話——

「不，但是……空間震警報並沒有響起來啊。這到底是……」

士道思考了幾秒之後，決定按照預定的路徑往前走。

如果那些人影真的是精靈的話，就絕對不能坐視不管。可是現在並沒有確切的證據，而且目前最重要的是將十香移動到安全的場所。士道重新揹起全身無力的十香，往資料館的方向前進。

不過……

「——！」

士道屏住呼吸。在空中不斷激烈搏鬥的兩個人影，伴隨著一陣更激烈的衝擊波相撞在一起。

這一瞬間，颳起了至今無法相比的猛烈颶風。

「嗚……嗚啊……！」

士道壓低身子，努力站穩腳步不被強風吹走。

然後，在上空激烈打鬥的兩個影子，像是互相將對方擊飛般地往地面墜落。

——剛好，以士道為中心，兩人分別降落在左右兩側。

「什……」

士道的額頭冒出汗水。緊張感揪著心臟，喉嚨急速乾涸。

於是就在這瞬間，原本吹襲周圍的狂風突然減弱了。

「咦……？」

士道不自覺地皺起眉頭，環顧四周。

暴風停止了……這句話似乎有語病。因為現在或美島上，風勢依舊相當強烈。

但是只有士道與十香的周圍……不——嚴格來說，是只有降落在地面的那兩個人影附近，呈現如同颱風眼般的無風狀態。

「呵……呵呵呵呵呵……」

此時，站在右手邊，將長髮高高盤起的少女，露出無所畏懼的笑容走了過來。

年紀大約與士道他們差不多。橙色頭髮，水銀色眼瞳。那五官端正的容貌，現在正扭曲成嘲笑的神情。

而最具特色的則是她的裝扮。穿著暗色系外套，身上各處纏繞著宛如皮帶般的東西。而且右手、右腳以及脖子被扣上枷鎖，從鎖頭處還連接著斷掉的鎖鏈。看起來就像是犯下滔天大罪的犯人──若非如此，那就是被虐狂的獵奇風格打扮了。

「──滿厲害的嘛，夕弦。不愧是本宮的另一半呀。居然能以二十五勝、二十五敗、四十九平的戰績，與本宮戰成平手。不過──這一切將會在今天結束。」

該形容她的語氣誇張，還是像在演戲呢？總之她是一位用字遣詞相當奇特的女子。

然後，這次換左側的人影邁進一步並且做出回應。

「反駁。能在這第一百次戰鬥中獲得勝利的，不是耶俱矢而是夕弦。」

這邊是將長髮編成髮辮的少女。與被稱為耶俱矢的少女擁有一模一樣的容貌，但是點綴她容貌的，卻是一雙無精打采的半瞇眼。

眼前這位被稱呼為夕弦的少女，也穿著細節有些許不同，但是款式與耶俱矢相似的拘束服。

只不過，枷鎖的位置是在相反位置，分別是脖子、左手以及左腳。

「哼，別開玩笑了。真正與八舞之名相配的是本宮，快點承認這個事實吧！」

「否決。能夠活下的是夕弦。耶俱矢才不配擁有八舞之名呢！」

「哼……真是無謂的掙扎。本宮那透視未來的魔眼可是看得清清楚楚。在下一波攻擊中，汝將會被本宮那掌管颶風的漆黑魔槍（Strum Lanze）所貫穿！」

「指責。耶俱矢利用魔眼所作的預言從來沒有實現過。」

夕弦如此說道。然後，耶俱矢說話開始結結巴巴，像是忘了剛剛所使用的誇張語法似地大聲叫道：

「囉……囉唆！我的預言有實現過！妳不要把我當笨蛋！」

「要求。夕弦要求耶俱矢提出具體例子。」

「呵呵……就是，那個呀。就是……曾經命中過隔天的天氣如何……」

「可笑。魔眼（笑）的效果居然只相當於木屐正反面（註：在日本的習俗中，有踢木屐看正反面可預測晴雨的說法）的功能而已，真是笑死人了。」

夕弦用手掩住嘴角，發出「噗嘶～」的聲音。似乎正在竊笑著。

「閉……閉嘴！竟敢愚弄本宮的魔眼，真是罪該萬死！惹怒本宮的代價，將以汝的身體來償『歡』！」

以耶俱矢的立場來說，這算是奇恥大辱。於是耶俱矢重新擺好架式，大聲叫道。但是語尾的發音卻不清楚，因此顯得有點丟臉。

不過，夕弦沒有放在心上，只是繼續問道：

「要求。接下來，夕弦要求耶俱矢對漆黑魔槍做出說明。」

「哼……本宮那掌管颶風的漆黑魔槍，並不具有被常理所束縛的具體形體。有形也無形。可見亦不可見。那是將貫穿萬物的能力特化之後所形成的概念力量唷！」

「總結。也就是說並沒有什麼特別意義。」

「不……不對！是有意義的！是夕弦太笨所以才無法理解！」

「請求。那麼聰明的耶俱矢，應該可以說出一個讓夕弦聽得懂的說明吧？」

「那個……那……那是當然的呀！只是真是可悲吶。因為本宮的漆黑腦細胞，已經昇華到汝所不能理解的更高層次了。沒錯，本宮就像是無法對螻蟻傳達意志的獅子般——」

「理解。也就是『做不到』的意思。」

「嗚嗚，妳這傢伙……勸妳最好不要惹怒我……」

「嘲笑。漆黑魔槍（笑）。」

「不……不准笑啊啊啊啊啊！」

耶俱矢滿臉通紅地大叫出聲，接著攤開雙手。從右手與脖子延伸出去的鎖鏈發出「鏘啷」聲響，吹襲周圍的暴風變得更加強烈了。

夕弦也像是回應對方的舉動般，重新擺好備戰姿勢。

接下來，兩人互相交換一個警戒的眼神之後……

「沉沒於漆黑之中吧！喝啊啊！」

「突進！嘿！」

伴隨尖銳的吶喊聲以及無力叫聲，兩人同時踏向地面。

「嗚……」

屏住呼吸。若在這麼近的距離內被捲入兩名精靈的打鬥，應該馬上就會一命嗚呼了吧。士道或許可以憑藉琴里的靈力讓傷勢復原，但是不難想像失去意識的十香會有什麼下場。

就在猶豫不決之際，兩人以驚人的速度逼近士道眼前。

已經沒有時間猶豫了。士道深深吸了一口氣。然後——

「等……一下啊啊啊啊啊啊啊啊！」

「……！」

聽見士道的叫聲，兩人在原地停了下來。

「剛剛那個聲音是什麼……聽起來好像是……沒錯，簡直就像是從地獄深淵傳來的，亡者們的嘆息……」

「報告。耶俱矢，妳看那邊。」

夕弦指向士道，耶俱矢則皺起眉頭。兩人似乎直到現在才察覺到士道與十香的存在。

「人類……？怎麼會？居然闖進吾等戰場，汝為何人？」

「驚嘆。真是令人訝異。」

兩人說完後，對士道投以驚訝的眼神。

「啊，不是的……」

士道說話變得語無倫次，並且往後退了一步。

雖然成功阻止她們兩人的對戰，但是取而代之的是引起她們的注意。在兩雙銳利眼眸的注視下，士道嚥了一口口水。

儘管已經走投無路，士道還真是做了一個相當愚蠢的舉動。居然特地去引起連性格與脾氣都還摸不清楚的精靈（而且還是兩名）的注意力。如果她們是好戰的精靈，將會引發非常危險的事態吧。

就在此時，右耳突然接收到一陣雜音，接下來便聽見充滿睏意的聲音傳進耳裡。

「……小士，聽得到嗎？小士？」

「令音！」

「……啊啊，終於接通了。你現在到底在哪裡？」

「那……那個——」

士道壓低音量，簡單說明目前的狀況——眼前出現了兩名精靈。

「……你說什麼？在風中有兩名——難道……」

「有……有什麼頭緒嗎……？」

此時，眼神銳利的耶俱矢開口打斷士道與令音的對話。

「——竟然干涉吾等神聖決鬥，你這傢伙到底是何居心？再不回答的話，本宮就會……呃，就會用貫穿光芒的暗影邪槍（Schatten Lanze）射穿你這傢伙的身體唷！」

「指摘。跟剛剛的名字不一樣唷！」

「那……那不是重點！夕弦先閉嘴啦！」

「疑問。夕弦不懂為何自己必須保持沉默的原因。」

夕弦以若無其事的表情如此說道。於是，耶俱矢像是肉食動物般，發出「咕嗚嗚嗚……」的聲音。

雖然有很多令人納悶的疑點，不過士道還是將最令人不安的單字重複唸了一遍。

「決……決鬥……？」

聽見士道的疑問，耶俱矢的眼神變得更加銳利。

「沒錯。但是汝居然打斷決定吾等命運的神聖決鬥。汝打算怎麼負起這個責任？」

「制止。耶俱矢，這是威脅。」

「囉唆！難得這麼順利……」

「確認。耶俱矢在說什麼呢？」

「沒……沒什麼！」

耶俱矢從鼻間哼了一聲，轉過頭背對夕弦。

「總而言之，我是不會善罷甘休的。該怎麼辦呢——」

不過，耶俱矢隨即又像是想起某個主意般，倏地睜大眼睛。

「啊啊，對了！既然如此……」

接著她再次面向夕弦，用彷彿在鑑定物品般的眼神，將夕弦從頭到腳地打量過一遍。

「疑問。耶俱矢在幹什麼？」

「呵呵……夕弦啊，本宮想到一個好方法了。吾與汝已經做過各式各樣的決鬥。幾乎都快想不出其他種類的決鬥方式了。」

做出猶如在演歌劇般的誇大舉動，耶俱矢繼續說道：

「不過……汝知不知道吾等還有一個尚未分出勝負的項目？」

「疑問。尚未分出勝負的項目，耶俱矢的意思是……？」

夕弦歪了歪頭。然後，耶俱矢呵呵笑出聲，接著看了士道一眼。

「咦……？」

不知為何——看見她的表情之後，士道感受到一股寒意。

◇

在移動途中突然颳起的陣陣強風，一眨眼之間就擴大規模，轉變成強烈暴風。

根本無法在這種情況下慢慢行走。來禪高中二年級的各位同學們，遵照老師們的指示，前往位於機場不遠處的資料館避難——但是……

「士道……」

吹得厚重玻璃窗發出吱嘎聲響的強烈風勢，讓折紙握緊拳頭並且如此說道。

在館內避難的學生中，唯獨不見士道（以及一隻噁心蟲子）的身影。一定是在途中走失，被遺留在外頭了。

折紙當然很想飛奔到外頭尋找士道，但是立即就被老師們制止。

不——假設那個時候真的衝出去了，在這樣的暴風中，折紙一定無法好好地往前走吧。

「嗚……」

現在的折紙，只能夠祈禱士道平安無事了。無力感轉換成無處宣洩的焦躁感，在她的體內縈繞不散。

「……喂，天空好像開始放晴了耶？」

待在窗戶邊的男學生們，突然說了這句話。學生們熙熙攘攘地往窗戶的方向聚集，抬頭望向天空。

「……？」

折紙掙脫珠惠的制止後打開門。就在她打算直接走出去之際……

「啊……！鳶一同學！外面還很危險唷！」

受到那句話的刺激，折紙抬起頭來，穿過學生們之間的縫隙往資料館的出入口跑過去。

折紙忽然停下腳步。

因為她急於尋找的人影，已經在資料館前方現身。

「哦……嗨……折紙。」

察覺到折紙的士道，開口說道。估計是因為風的緣故，士道的頭髮與衣服都亂糟糟的。所幸，身上似乎沒有受傷。

不過，在鬆一口氣之前，折紙反而先皺起眉頭，眼神變得更加銳利。

因為士道的樣子很奇怪……又或者說，士道目前正面臨到奇怪的選項。

首先，士道的身上正揹著十香。她似乎已經失去意識。

哎，這點還算好。不，其實一點兒都不好，但是那並不算是完全出乎意料之外的情況。

有問題的是——

「怎麼樣呀？士道。比起夕弦，還是本宮比較有魅力吧？只要選擇本宮，就允許汝在本宮身上選一個喜歡的地方，落下誓約之吻唷！」

「誘惑。請選擇夕弦吧。夕弦願意做讓你感到很舒服的事情。真的很舒服唷！耶俱矢根本比不上夕弦。」

擁有一模一樣臉孔，身穿制服的少女分別站在士道的左右，不知為何親暱撫摸著士道的身體，拚命地誘惑他。

士道懷抱著絕望的心情，在所有師生的注視下，想起約十分鐘前發生的事情。

被暴風包圍的領域之中，露出無所畏懼笑容的耶俱矢說出口的——是這樣的內容……

「——現在吾等尚未分出勝負的，就是……『魅力』！」

擺出帥氣姿勢，耶俱矢以宏亮聲音做出宣言。

「真正的精靈——颶風的皇女八舞，不僅要有力量與頭腦，還必須具有讓森羅萬象之物妒忌的美麗與魅力。汝不這麼認為嗎？」

「思考……」

沉默數秒之後，夕弦再次看向耶俱矢。像是在評估一般，從頭到腳地盯著耶俱矢看。

接著，「嗯。」夕弦點點頭。

「回答。夕弦的回答是『原來如此』。的確，之前都沒有比過這個項目。」

「呵呵……對吧！不過這也難怪。因為以前根本沒有人介入過吾等決鬥——自然無法委託第三者來裁定勝負——不過，現在……」

耶俱矢發出低聲竊笑，同時迅速指向士道。

「——汝的名字是？」

「咦？五……五河……士道。」

「士道。哼，與祭品非常相配的軟弱名字呀。很好。如今，本宮任命汝為裁判。」

「啊……？呃，那個……」

士道完全不懂對方在說什麼，露出呆滯的神情。

不過，耶俱矢根本不在乎士道的意願。像是在嘲笑般抬起下巴，以挑釁的語氣繼續說道：

「怎麼樣呀，夕弦？汝有足夠的勇氣接受這項挑戰嗎？呵呵，哎呀，本宮擁有讓萬物臣服的魅力，勝負自然可想而知。如果夕弦捲起尾巴逃走的話，本宮也不會笑汝是膽小鬼唷！」

「否定。這種事情是不可能的。耶俱矢沒有理由會獲勝。應該是夕弦比較有魅力才對。夕弦可以輕而易舉讓男人拜倒在石榴裙下。」

「呵呵。汝只有氣勢勝過其他人呀。」

「宣言。夕弦比較可愛。老實說，耶俱矢只有中下程度而已。」

「什……什麼？妳這傢伙啊啊啊啊啊！」

一瞬間，耶俱矢將猶如在演戲般的腔調拋到九霄雲外，怒氣沖沖地大叫出聲。

順帶一提，以士道的眼光來看，耶俱矢其實是位大美人。如果這樣還叫中下程度的話，那麼世界上的女性都將面臨更殘酷的打擊吧？

「我的臉明明就跟妳長得一模一樣！為什麼評價會差那麼多呢！」

「憐憫。容貌並不等於魅力。即使基本條件相同，還是會呈現出完全相反的氣質。不過妳放心吧。在醜女界中，耶俱矢算是相當漂亮。」

「什麼醜女界呀！居然毫不在乎地說出這種話，妳這傢伙的性格才真是醜陋呢！」

「反省。夕弦忘了說出真相對當事人未必是好事。」

「那才不是真相啊啊啊啊！」

就在耶俱矢胡亂搔頭的時候，想起了士道的存在。她晃動了一下肩膀，「咳！」的一聲，清了清喉嚨。

「總……總而言之！既然都說到這個地步了，相信汝也不會有異議！」

耶俱矢倏地指向夕弦。

「——這是最後的決鬥！在這場比賽獲勝的人，就能取代對方成為真正的八舞！比賽方法相當簡單明瞭！只要先攻陷這個男人——士道的那一方，即為勝者！」

「承諾——接受這場比賽！」

「等……等一下啊啊啊！」

……於是，就演變成現在這個情況。

士道當場與令音商量之後，認為斷然拒絕她們的要求是很危險的做法，所以決定將兩人帶過來……不過同學們的視線果然相當刺人。

「五……五河同學？站在你左右兩邊的女孩子是誰？似乎沒有見過她們……」

「咦？搭訕本地的女孩子，然後讓她們角色扮演嗎？五河都隨身帶著女生制服嗎？」

「我想到一個很好的打工方式了，五河。『一分鐘一千圓　任憑客人毆打』。你就揹著這塊看板在校園內走動吧。一定很快就可以存到蓋房子的錢唷！」

喧喧嚷嚷。學生們開始吵雜起來。不過這也是理所當然。因為理應走失了的士道，居然有兩名陌生女子陪侍在旁。

順帶一提，兩人按照令音的指示解除了靈裝，穿上來禪高中夏季制服。和十香一樣，那是兩人利用視覺認知情報所創造出來的衣服。

原本就是異常情況了，如果兩人還跟剛剛一樣穿著看似拘束服般的靈裝，那麼士道很有可能會被誤會成擁有特殊性癖的人。

站在全部同學前方的折紙，看了耶俱矢與夕弦一眼之後，靜靜開口說道：

「士道，她們是誰？」

「這……這個嘛……」

目光游移不定，士道結結巴巴地開口說話。連自己都能感受到臉上冒出大量冷汗。

不過，就在此時，從後方響起一陣充滿睏意的聲音，打斷了大家的吵雜聲。

「……啊啊，我等妳們很久了唷。妳們是轉學生——八舞耶俱矢以及八舞夕弦…沒錯吧？」

輕輕搖晃腦袋並且站在那裡的人，是二年四班的副導師村雨令音。

「轉學生？」

折紙如此問道。令音點點頭答「沒錯」。

「……原本要等到假期結束才會轉學過來……但是她們表示無論如何都想參加本次的教育旅行，所以才決定在當地與她們會合。剛剛接到她們抵達機場的通知，所以我才派士道他們兩人去迎接。」

聽見這番話，站在令音身旁的珠惠瞪大了眼睛。

「咦？轉……轉學生？村雨老師，我沒聽說有這件事情呀……」

「……因為消息來得很突然，應該是來不及通知妳的緣故吧……」

「是……是嗎……」

珠惠露出困惑的表情，同時不再追問。哎，有轉學生轉學進來的消息，居然不是通知擔任導師的自己，而是副導師，也難怪珠惠會露出這種表情了。

折紙以訝異的眼神看了令音一眼，接著將視線挪到士道身上。

「真的嗎？」

「真……真的……唷……」

像是在配合士道的發話，緊貼在士道兩側的耶俱矢與夕弦也點了點頭，以尖銳的聲音如此回答：

「呵呵……沒錯。能夠前來迎接身為颶風皇女的本宮，汝等應該感到光榮唷，人類。」

「肯定。他說得一點兒都沒錯。」

在前往這裡的途中，士道以擔任決鬥裁判協助她們為條件，要求她們也必須配合自己的說法。

「…………」

儘管不相信，但是既然老師與當事人的說法一致，折紙也不好再說什麼。折紙只好輕輕嘆了一口氣，說了一句：「是嗎。」

只不過，眼神變得更加銳利的折紙，繼續開口說道：

「……那麼，妳們幹麼一直緊貼在士道身上？」

「啊啊，那個因為呀……」

「回答。那是因為……」

「因……因為！風勢太大了，所以她們得緊緊抓住我才不會被吹走啊！」

像是要蓋過打算回答折紙疑問的耶俱矢與夕弦的聲音，士道大聲說道。

剛剛好不容易才矇混過去，如果在此時露出馬腳的話，就沒有任何意義了。為了不讓對方有繼續說話的機會，士道喋喋不休地繼續說道：

「對……對了！老師，十香被飛過來的垃圾桶打中頭部昏倒了。有地方可以讓她躺下來休息嗎？」

「……哦哦，是嗎？那可真是不得了。往這邊走吧。兩位轉學生也跟我走吧，有很多注意事項要對妳們說明。」

令音以沒有高低起伏的語調說完之後，像是在叫喚士道他們一般招了招手。

於是士道就在眾人矚目中，跟隨令音走進資料館裡面。

士道在令音的帶領之下，進入資料館內部的辦公室。他讓十香躺到沙發上之後，向令音鞠了個躬。

「抱歉，謝謝妳的幫助。」

「……不，不用在意。比起那件事情——」

說完後，令音看向士道——正確來說，是看向緊緊纏住他雙臂的兩名少女。她們只有在士道放下十香的那一瞬間鬆手，接著便再次黏到士道身上。

接著，像是毫不在意自身周圍的環境變化，開始對士道低聲細語地說道：

「來吧，士道。汝只要選擇本宮便可以了。對八舞耶俱矢效忠，將汝的身心全部奉獻給本宮。汝只要這麼說就可以了。」

「否定。選擇耶俱矢根本得不到任何好處。請務必將神聖的一票投給夕弦。」

簡直就像是不把令音與十香等人放在眼裡似的，兩人在士道耳邊輕輕吹氣。此時，臉上冒出汗水的士道轉過身去。

「……情況似乎變得相當棘手吶。」

「…………是的。」

士道以鬱悶的聲音說出這句話，然後點了點頭。令音搔了搔臉頰。

「呵呵……這是你的福氣吧？儘管時間短暫，但是像汝這種人類卻能受到本宮的寵愛。只須為幸運歡泣，根本無須感嘆。」

「懷疑。如果是夕弦就算了，但是應該不會有男性會因為被耶俱矢求愛而感到高興吧？」

「哼……哼……不管怎麼挑撥都是沒有用的唷。一切只待決鬥的結果出爐，便能分出勝負了。來吧，士道，快說吧。我與夕弦，誰比較有女性魅力？」

「提問。夕弦與小小的耶俱矢。誰比較可愛？」

「等一下！那個微妙的貶低感是什麼意思！」

「無視。比起小不點耶俱矢，還是夕弦比較……」

「居然還變本加厲！」

就在兩人爭吵的同時，耶俱矢與夕弦越來越靠近士道。士道一邊揮手安撫兩人的情緒，一邊開口說道：

「等……等一下。妳們從剛剛就一直滿口『決鬥、決鬥』的……妳們到底為什麼要戰鬥？」

「……嗯？啊啊——」

聽見士道的疑問，耶俱矢以誇大的動作揚起下巴。

「本宮沒說過嗎？吾等，原本同是名為『八舞』的精靈。」

「同意。但是，不知在第幾次現界的時候，八舞就分裂成兩個人了。」

「妳說兩個人……怎麼會……」

士道皺起眉，輪流看向兩人的容貌。雖然髮型與表情不同，但是兩人擁有非常相似的長相。

別說是雙胞胎了，就算說她們是複製人，應該也會有人相信吧。

「為……為什麼會發生這種事情？」

「只有天上的命運女神才知道原因唷。哼，壞心眼的女神似乎飽受無趣與厭倦之苦。所以有時候，才會擲出不符合道理與情理的骰子數目。」

「咦……？」

「摘要。耶俱矢想說的是：『我也不知道。』」

「啊啊……原來如此。」

「真是不解風情吶。」

聽完夕弦的說明後好不容易才理解的士道，點了點頭。然後，耶俱矢一臉不滿地如此說道。為了抓回說話的步調，耶俱矢咳了幾聲之後繼續往下說：

「然後，分裂成兩人的吾等在互相看見彼此長相的那一瞬間，隨即明白刻劃在身體與血液裡的命運與使命。沒錯──真正的精靈八舞，在這個世界上只能存在一位！」

「說明。分裂成兩人的夕弦與耶俱矢，在那一瞬間明白了最後我們終將合為一體的事實。」

「妳說『在那一瞬間』……」

「補充。『一直心知肚明』，這個說法可能較為正確吧。從分裂的那一瞬間開始，夕弦與耶俱矢就知道兩人的身體會有什麼下場。」

夕弦指著頭，繼續說道：

「解說。不過，原本的八舞的性格已經消失不見了。也就是說，到時候將會有其中一方成為八舞的主人格。」

「所……所以……才要決鬥嗎？」

兩人同時點頭。士道臉頰流下汗水，開口說道：

「也就是說，那陣暴風是妳們兩人吵架所引起的……？」

聽見這個問題，耶俱矢得意洋洋地抱起手臂。

「沒錯。吾等戰鬥持續了很久一段時間。沒錯，到現在已經完成九十九場決鬥了。」

「九十九場……妳們打了這麼多場啊！」

「更正。雖然進行過很多場決鬥，不過並不全然只是互相毆打而已。決鬥項目相當廣泛，例如賽跑、劍球、大胃王比賽等。」

「…………」

該怎麼說呢？真是和平的決鬥。

不對，這兩人如果進行賽跑之類的活動，應該會對周圍造成慘重的傷害吧？

「順帶一提，目前戰績是二十五勝、二十五敗、四十九平手。所以第一百次決鬥的勝利者，就能成為真正的八舞。但是……」

被耶俱矢銳利的眼神瞪視，士道嚇到不敢說話。原來如此，那件重要大事的結局，似乎被士道給破壞了。

話雖如此，不過士道也是逼不得已。如果那時沒有阻止兩人的話，十香很有可能會受傷。

就在士道陷入沉思之際，耶俱矢與夕弦再次勾起士道的手臂。

「呵……不過本宮已經不在意了，反而還要感謝汝呢。都是託汝之福，吾等才能以從前都沒嘗試過的項目一決勝負。」

「肯定。原本以為最後還是得用以前平手過許多次的格鬥決勝。不過如果是這種方式的話，夕弦就沒有任何異議了。」

說完後，兩人像是要誘惑士道般地抱緊手臂。

「不……不過，就算妳們這麼說……」

察覺到自己臉頰逐漸變熱的同時，士道對令音投以求救眼神。

不過，被拜託的令音卻只是坐在椅子上不斷操作小型終端機，並露出困擾神情低聲嘟囔：

「……果然不行呀。」

「什……什麼東西不行？」

聽見士道的疑問，令音輕輕點頭之後回過頭來。

「……啊啊，我們與〈佛拉克西納斯〉失去聯絡了。」

「咦？為……為什麼……」

「……現狀不明。需要再詳細調查一下。」

說完後，令音關掉終端機，從椅子上站起身來。

接下來，她凝視了緊貼在士道身上的耶俱矢與夕弦一會兒之後，靜靜輕啟雙唇：

「……妳們的名字叫耶俱矢與夕弦吧？妳們為了讓自己成為真正的精靈八舞，所以要利用『攻陷小士』的方式一決勝負……我說的沒錯吧？」

令音如此說道。然後，直到此時耶俱矢與夕弦才初次看向令音。

「啊啊，沒錯。本宮不介意汝觀戰，不過如果汝打算妨礙比賽進行，本宮可是不會對汝手下留情的唷！」

「提問。妳是誰？」

「……學校的老師。」

令音隨便矇混過去之後，轉過身來。

「……小士，你在這照顧十香——耶俱矢、夕弦，我有話跟妳們說。跟我過來吧。」

「呃，令音？」

士道對令音投以暗藏「危險呀」訊息的眼神。不管怎麼說，她們兩人畢竟還是精靈。

不過，令音卻舉起手，向士道示意「不用擔心」。

「呵呵……還以為汝要說什麼呢。本宮為什麼要聽從區區一名人類的話？」
「拒絕。夕弦要跟士道在一起。」
不過，兩人卻堅持不肯離開。但令音猶如早就預料到此情況一般聳了聳肩，以故弄玄虛的語氣說道：
「……小士比表面看起來還要難以對付唷。聽聽我的話，對妳們應該沒有損失才對。」
「什麼……？」
「……光是看他的反應就能一目了然了吧？以我的眼光來說，妳們都是相當可愛、充滿魅力的少女。但即使如此，他還是沒有選擇妳們其中任何一方。」
「…………」
耶俱矢與夕弦，瞪大眼睛彼此對望。
「……怎麼樣呢？雖然對我而言，不管是哪一方都無所謂。」
令音說完後，打開辦公室的門。
兩人再次對望後，依依不捨地放開士道的手，跟在令音後頭走出去。

第三章 Double Approach

時間流逝，現在是晚上六點五十分。

夕陽西下，白天的酷熱也稍稍降溫。彷彿與此呼應，白天的蟬叫聲也漸漸轉換成螽斯的鳴叫聲。

在那之後，一行人等十香清醒便移動到旅館，將行李搬運到房間內，吃完晚餐，最後享受夜間的自由時間。

沒錯——除了士道以外。

「唉……事情為什麼會變成這樣……」

士道用手扶住牆壁，慢步行走於旅館的走廊上。

這也難怪。因為處於未封印狀態的兩名精靈突然現身，緊緊纏著士道不放。而且還是在所有人都沒有前往避難的情況下所發生的事情。

令音在資料館中，似乎向耶俱矢與夕弦說了些什麼。兩人從那之後就安分多了……不過，那份不安感還是在心中縈繞不去。

「得想個……解決方法才行。」

士道愁眉苦臉地低聲呢喃，同時邁步向前。

他現在正要前往令音的房間。離開資料館時，令音要自己稍後到她的房間討論今後的對應方針。

不過，當士道走到十字路口時，卻停下了腳步。

……因為從左右兩邊的走道冒出了兩顆頭，緊緊盯著士道看。

士道立即察覺到對方身分。他緊張地嚥下唾液，然後開口：

「有……有什麼事嗎，耶俱矢、夕弦？」

士道如此說道。於是，兩人從走道裡頭走了出來。

「呵呵……居然能察覺到本宮的氣息。真是了不起呀。」

「指責。那只是因為躲藏方式太過拙劣了。」

「……！夕……夕弦根本沒有資格這麼說！妳也躲得很差勁呀！」

「反駁。耶俱矢不可能比夕弦躲藏得更好。」

……由士道來說的話，其實雙方的藏匿技巧都相當拙劣。不過，這種事情還是不要說出口比較好。

「妳們兩個到底在幹什麼？」

聽見士道的問題，兩人在瞬間對望一眼，接著將視線挪到士道身上。

「哼……本宮可以告訴你。先過來吧。」

「保證。請到這裡來。」

接下來，兩人幾乎在同一時間各自拉住了士道的手臂。

「到……到底有什麼事啦！」

即使士道一臉困惑地看向左右兩邊，但還是被強行拉走——隔沒多久，抵達某個場所。

緊鄰在旁的兩個出入口，上頭掛著藍色與紅色的門簾，各自用大大的字體寫著「男」、「女」。這是這間旅館著名的露天澡堂入口。

「……澡堂？」

士道歪著頭。然後，耶俱矢用力地點點頭。

「呵呵……汝的體內堆積太多闇夜的汙穢之物。所以允許汝在此淨化。」

「啊？」

「翻譯。耶俱矢的意思是『請進去洗澡並且好好流一場汗吧』。」

「啊啊……是嗎。不過，現在洗澡還太早吧。而且我也還沒準備毛巾與替換衣服。最重要的是，我現在得先去一個地方……」

士道說完這句話後，正打算轉過身之際，雙臂又被緊緊箝制住。

「好痛……妳……妳們在做什麼啊？」
「汝認為汝有選擇的餘地嗎？別再廢話了，快點驅除汙穢吧。」
「請求。拜託你。我們已經幫你準備好入浴用品了。」
夕弦往下看。在那裡的是已經折疊好的浴巾、毛巾以及浴衣。
「為……為什麼連這個都……妳們到底有什麼企圖？」
「哼……本宮那崇高而奧妙的思考，豈是汝等凡夫俗子所能理解？」
「提議。沒有閒雜人等的大浴場也不錯。」
「…………」
士道以驚訝的眼神來回望向兩人之後，用力嘆了一口氣。
反正令音也沒有交代切確時間，況且如果現在斷然拒絕她們的指示，或許會引起暴動。
「……我知道了。那麼，我先進去了唷。」
「呵呵……明白就好。」
「讚賞。對士道的果斷表示敬意。」
雖然現在完全不理解兩人的企圖，不過，熱水澡能洗去汗水與疲勞也是不爭的事實。士道拿起準備好的毛巾等物，走進男湯裡頭。
這個時候，士道回過頭瞄了一眼。不知為何，耶俱矢看似害羞般地微微臉紅，而夕弦則用手遮掩嘴角。

即使覺得兩人的樣子有些可疑，不過士道還是在更衣室脫下衣服，帶著毛巾，打開因水蒸氣而變得模糊的拉門。

「哦哦……真是棒。」

然後，在看見眼前景色之際，不自覺地發出讚嘆聲。

用岩石建造而成的寬大浴池中，注滿略顯褐色的熱水，濃密的水蒸氣裊裊升起。浴池前方緊鄰寬闊大海，不時傳來寧靜細浪的聲響。

因為現在還不是入浴時間，所以整個澡堂只有士道一個人。原來如此，或許真如夕弦所言，現在正是最適合泡澡的時段。

士道動作迅速地將身體與頭部清洗乾淨，然後把毛巾放在頭頂，讓全身浸泡在熱水中。

「啊啊……」

士道不禁發出了這種像老頭子一樣的聲音。伸長雙手雙腳，微熱的熱水立即布滿全身。

就在此時，傳來「喀啦」一聲，澡堂的拉門被打開了。

是誰進來了？士道望向門口——然後在熱水中愣住了。

「什……」

這也難怪。因為剛剛才與自己在走廊分別的耶俱矢與夕弦居然站在眼前，而且身上僅僅纏著一條浴巾而已。
「妳……妳們在做什麼啊啊啊！這裡是男湯喔！」
即使忍無可忍的士道放聲大叫，不過兩人依舊毫不猶豫地把腳浸泡到浴池中，然後走到士道身邊。
薄薄的浴巾因為水蒸氣的關係緊貼在肌膚上，清晰勾勒出兩人的身體線條。士道不自覺地羞紅了臉，將身體往下沉入熱水中。
似乎是看見了士道的反應，耶俱矢紅著臉抱起手臂。
「呵……呵呵……怎……怎麼樣呀？就算是汝，也不得不拜服本宮的美色吧？」
聽見這句話，「噗嘶！」以面對面姿勢站在原地的夕弦，忍不住笑了出來。
「嘲笑。美色（笑）。夕弦現在才知道耶俱矢擁有那種東西呀。」
「……哼，汝馬上就會笑不出來了。因為那位士道將會被本宮的魅力所俘虜吶！」
「應戰。正合我意。」
說完後，兩人就這樣慢慢屈膝，以士道為中心浸泡到浴池中。
「……！」
其實身上包著浴巾直接泡澡是違反規定的，但是士道無法糾正她們這件事。緊張到身體僵硬的士道，不自覺地閉上眼睛。

「呵呵……做好覺悟吧，士道。汝的身體即將變成如果沒有本宮，就沒有辦法獲得滿足的體質。」

「否定。夕弦會讓士道成為夕弦肉體的俘虜。」

「什……什麼……！」

兩人的話，讓士道的身體變得更加僵硬。啊啊，到底會發生什麼不得了的事情呢？對未知的恐懼和些微的期待籠罩著士道，不斷在腦海中打轉。

但是……

「……嗯？」

經過了一會兒以後，什麼事都沒發生。士道慢慢睜開眼睛。

占據士道左右位置的兩人，只是用挑釁的眼神看著彼此。

「哼……！這是禮讓唷，夕弦。本宮允許汝先採取行動。」

「否定。不需要。需要被讓分的人應該是耶俱矢才對。夕弦可以把先攻機會讓給耶俱矢。」

「哈哈，真是不識趣。當本宮出手的瞬間，士道的眼睛便會緊盯在本宮身上唷！居然不明白這是本宮為了讓汝有登場機會所費的一番苦心。」

「懷疑。其實耶俱矢只是不知道該做些什麼事吧？」

聽見夕弦的話，耶俱矢的肩膀搖晃了一下。

「才……才不是這樣！我知道很色很色的事唷！妳……妳這傢伙到底在說些什麼呀！我可是懂得許多連妳都無法想像的成人技巧唷！」

「懷疑。那麼，請讓夕弦見識見識。」

「什……！哼、哼！好，看仔細了！」

耶俱矢當場站起身來，眼睛看著士道，同時將右手放在頭上、左手扠腰……

「……嗯……嗯哼～」

做出就連過氣寫真模特兒都不會擺出來的姿勢。

瞬間，夕弦用手掩住嘴角，發出了「噗～嘻嘻」的笑聲。

「那個……」

士道不知道該說些什麼才好，用手搔了搔臉頰……不，也不是說她不嫵媚動人。飽含水分的浴巾緊貼在耶俱矢肌膚上，那副模樣確實非常性感。

只是……比起這一點，一種如坐針氈的感覺更是占據了士道的心頭。

看見兩人的反應，耶俱矢漲紅了臉，再次沉入浴池中。

「什……什麼嘛！你們兩個！」

「嘲笑。耶俱矢的魅力（笑）真是與眾不同。」

「妳……妳說什麼！話……話說回來，妳不也一樣嗎？妳根本就不知道該怎麼做吧！」

耶俱矢倏地指向夕弦並且如此說道。於是，夕弦的眉頭抽動了一下。

「……否定。沒有這回事。」

「哈！誰知道呢！那麼，證明給我看呀！」

「了解……那就做吧。」

夕弦說完這句話之後便轉身面向士道……

「勾引。啾！」

擺出老派偶像的姿勢並且放出一個飛吻。

「……啊，嗯。」

士道依舊不知該如何反應，額頭冒出冷汗的他，只能回以苦笑。

看見這副景象，耶俱矢捧腹大笑。

「啊哈哈哈哈哈！那是什麼，那～是什麼呀！妳打算靠那個勾引士道嗎？」

「不悅。耶俱矢沒有資格批評別人。」

「哈，彼此彼此！」

「否定。耶俱矢的幼兒體型根本無法誘惑男人。」

「……！妳……妳也沒有比我大多少呀！」

「反駁。儘管數據差異不大，但是手感卻相差甚遠。」

「呵……呵呵……是妳不懂得苗條的魅力。」

「嘲笑。苗條（笑）。只是換了個比較好聽的字詞而已，本質上還是一樣。」

「哼、哼……！那種東西，說到底不過是脂肪組織而已！」

「氣憤。這種話可不能置若罔聞。那是耶俱矢的嫉妒。」

「誰要嫉妒妳呀！我才不羨慕呢！比起夕弦這種胖子，士道一定覺得我比較可愛！」

「否定。胸部小可是吸引男性時的致命缺點。像耶俱矢這種瘦排骨，是不會有人理睬的。」

「誰……誰是瘦排骨呀！」

「應戰。誰是胖子呀？」

「什麼嘛，明明頭髮分岔得比我還嚴重！喂～士道，你討厭這種女人吧？」

「指摘。耶俱矢流汗時比夕弦還要臭。女性魅力自然輸給夕弦。」

「妳……妳說什麼！妳才是體脂肪比我還要高的傢伙呢！」

「憐憫。到最後還是只能指責這點，真是替耶俱矢感到悲哀。」

「囉唆！妳自己瞧！肥嘟嘟！胖呼呼！」

「反擊。瘦巴巴！乾扁扁！」

兩人又開始爭吵起來了。就在這個時候——

「……！」

士道的肩膀顫抖了一下。因為士道聽見拉門再次被開啟的聲音，似乎是有人走了進來。

「喂、喂……有人進來了喔。妳們得趕快藏起來，不然就糟糕了！」

這裡是男湯。理所當然的，新的闖入者也應該是男學生才對。

不過，耶俱矢與夕弦卻表現出老神在在的樣子，開口說道：

「呵呵……汝在說什麼呀，士道？」

「否定。沒問題的，不用擔心。」

「啊……？」

士道不明白兩人話中的意思，歪了歪頭。然後……

「喝呀！」

伴隨活力充沛的聲音響起，新進來的入浴者動作迅速地飛跳進浴池中。

接下來，與率先浸泡在浴池裡的士道四目相交。

熟悉的凜然音色。漆黑的長髮。怎麼看都不像是男性該有的美麗身體曲線。沒錯，對方的模樣——

毫無疑問的，是夜刀神十香。

「嗯？」

此時，十香似乎也察覺到這位先進來的客人。以目瞪口呆的表情望著士道。

「…………」

「…………」

然後……

「呀啊——————！」

「呀啊——————！」

兩人面對面發出幾乎相同的慘叫聲。

十香慌慌張張地舉起雙手，迅速地遮住胸部與下腹部。

「你……你你你你你你你你你為什麼會在這裡，士道！」

「不……不對不對不對！應該我要問妳怎麼會進來這裡吧！這裡可是男湯耶！」

「你在說什麼！我有按照大家所教我的，走進紅色的那一邊呀！」

「啊……？」

此時，士道全身突然顫抖了一下。不祥的預感竄上背部。

「難道是……妳們……！」

士道說完這句話之後，看向左右兩側。於是，耶俱矢與夕弦一臉驚訝地回答：

「嗯，在士道進來前把門簾交換了。本宮真是足智多謀。」

「提問。有什麼問題嗎？」

「妳．們．這．兩．個．傢．伙啊啊啊啊啊……！」

士道發出怨恨的聲音，瞪視著兩人。

雖然很想一吐怨言，但是現在還有更重要的事。士道轉身面對十香，以彷彿要將臉浸泡到浴池裡的氣勢低下頭。

「十香，請妳相信我。我可以發誓，我真的並不是故意要這麼做。」

「哦……哦哦……！」

士道拚了命地解釋。十香露出不知所措的表情。

「那……那麼你為什麼會在這裡……？」

「被騙了！抱歉，我立刻出去……！」

「啊……士道！」

就在士道盡量不去看十香，打算從浴池起身的時候，十香突然抓住士道的手。簡直就像是在挽留士道似的。

「怎……怎麼了，十香？」

「不……不能往……那邊去唷。」

「咦？」

就在士道臉上浮現茫然表情的同時，拉門再次被打開，一群女孩子走了進來。

「什——」

士道慌慌張張將身體沉入浴池裡，躲藏到岩石後方。

仔細想想，這也是理所當然。十香既然進來洗澡就代表入浴時間到了，所以其他女孩子當然也會一起來洗澡。

「呀！好寬啊！離海好近喔！」

「啊，轉學生同學已經進來了啊！動作真快！」

「咦？鳶一同學不進去洗嗎？」

「——我還有重要的事情要做。」

「是……是嗎……加油。」

澡堂內響起女孩們高亢的聲音。再這樣下去，被發現只是遲早的問題。

「糟糕，糟糟糟糟糟糕……！現……現在該怎麼辦才好……！」

士道面臨前所未有的危機，他抱著頭，目光游移不定。

如果被人看見自己潛伏在這裡，一定會被眾人毆打吧。不，那還算好。往後一生，將會被貼上性犯罪者的標籤。而在剩下的高中生活裡，自己也會被人謠傳是變態、性慾化身、因為年輕而犯下罪過等。不僅如此，在最壞的情況下，還會被抓去警察局——

就在士道全身顫抖不已之際，十香移動到士道身邊，隱藏住士道的身影。

「十……十香……？」

「這不是士道的錯吧……？既然如此，躲在我後面趕快逃走吧。」

「……！抱……抱歉。感激不盡……！」

幸好，託水蒸氣與紅褐色溫泉水之福，士道的身影變得難以被發現。只要十香擋在自己面前，或許真能逃到女湯外頭。

「好……走吧。」

「好……好的。」

聽見十香的聲音後，士道點點頭。於是十香浸泡到浴池中，慢慢用蟹步橫向移動。士道則躲藏在她的背後，在溫泉中緩緩前進——不過……

「啊！找到十香了！」

「妳怎麼了？怎麼會躲在角落？」

「話說回來，嗚啊！妳的皮膚好好～讓我摸一下！」

亞衣、麻衣、美衣三人組在十香前方出現。士道的腦海中響起玩RPG遊戲時，遭遇敵人的背景音樂。

「咿……！」

「沒……沒有呀！沒什麼！別在意！」

即使十香這麼說，但是亞衣、麻衣、美衣還是表現出一副興致盎然的樣子。再這樣下去，大家就會發現士道躲藏在十香背後了。

就在此時……

「啊……！那個地方有個巨大的黃豆粉麵包！」

十香突然大叫出聲，用手指指向遠方。於是三人的注意力立刻在這一瞬間被吸引到那個地方。

「——！」

好機會！士道翻過身，從岩石邊緣潛入海底。

同一時刻。幾名紳士圍成一圈聚集在男湯角落，壓低聲音竊竊私語著。

「喂，殿町，你說的是真的嗎？」

聽見來自同學的發問，殿町揚起嘴角。

「啊啊，不會有錯。平常進來洗澡的人不會輕易發現，不過隔開男湯與女湯的圍牆上，開了個不顯眼的隙縫。」

「哦哦……！」

有志一同的戰友們不約而同地發出聲音。殿町點點頭，然後朝向大家所在位置的中心點，迅速伸出手。其他人的手自然而然地重疊在上頭。
「有做好十全的準備與覺悟了嗎！」
「有！」
「很好！那麼跟我來吧！我將讓你們見識這世間裡的樂園……！」
「哦！」
粗獷的聲音響徹雲霄，大家一同將手高高舉起。
殿町垂下眼睛品嚐輕微陶醉感的餘韻，慢慢開始走動。盡可能不要發出一絲聲響，沿著圍牆邁步向前，直到抵達目的地。
「很好，那麼……」
殿町環顧戰友們一眼之後，大家一起點點頭。
「就由你開始吧，殿町。」
「你賜予我們勇氣，領導我們。」
「將那副景象牢牢烙印在你的雙眼、你的心裡吧！」
「你們……」
殿町用手臂擦去熱淚，用力點頭回應。
「那麼我要開始了……你們要看清楚，這就是我的生存方式！」

說完後，殿町踮起腳，從圍牆角落裂開的微小縫隙進行偷窺。

然後……

「…………」

「…………」

──與人，四目相接。

對方是正從女湯方向往這邊窺探的，鳶一折紙大小姐。

「……打……打擾了。」

殿町以沙啞的聲音說完後，退回到原本的位置。

「……嗯？」

正在房間操作小型終端機的令音突然歪頭。因為門外傳來「啪答啪答」的腳步聲。

接下來，那個腳步聲似乎在房間前停了下來。過沒多久，「咚咚！」響起了敲門聲。

「……請進。」

令音說完後，門緩緩被打開了。腰間僅圍著一條毛巾的士道，走進房間。不知為何，士道的全身都溼透，如今正抱著肩膀不斷顫抖。

看見他的樣子，令音思考了幾秒之後──「啪！」拍了一下手。

「……夜襲？不覺得太早了嗎？」

◇

「呵呵……卑微的人類啊。汝等應該要為能與本宮共享一個寢室而感到光榮。在心中刻下本宮高尚的名諱吧。刻下颶風皇女——八舞耶俱矢之名。」

來到十香一行人住宿的四〇一號室的少女，正坐在桌子上，以如此傲慢的態度打招呼。

儘管是無禮至極的說話方式，但是耶俱矢得意的表情與高亢的聲音卻不會惹人厭，也不會使人覺得她高高在上。正確來說，反而比較像是小孩子在模仿自己喜歡的偶像，使人不禁會心一笑。

「嗯，以後要好好相處。請多多關照！」

十香環抱手臂頻頻點頭。像是在附和她的話，並列坐在隔壁的組員——亞衣、麻衣、美衣也露出微笑。

讓這名少女在妳們房間睡一晚吧。當令音突然說出這句話的時候，三人真的是嚇了一跳。不過，基本上她們都是喜歡快樂事情與可愛事物的成員，所以馬上就適應眼前的狀況了。「呀！」三人組露出激動笑容，接著開始做出撫摸耶俱矢的頭或是戳她臉頰等舉動。

「討～厭！好～可～愛～好可愛呀！」

「頭髮輕飄飄的，臉頰軟綿綿的。」

「妳喜歡甜食嗎？要吃Pocky嗎？」

「住……住手，妳們這些傢伙！真是無禮！嗯咕嗯咕……」

忍無可忍的耶俱矢大叫出聲。順帶一提，嘴巴還吃著Pocky。

「啊！美衣，我也想要吃Pocky！」

「好～好～可以唷，十香……呃，啊，抱歉抱歉。剛剛給耶俱矢的是最後一根。要吃YamYam巧克力沾醬餅乾嗎？」

「那……那是什麼？」

接過圓筒狀的物體，十香以認真的表情仔細打量。接著，亞衣、麻衣、美衣依序對耶俱矢提出疑問。

「喂～喂～所以，耶俱矢是從哪裡轉學過來的？」

「很少有人會在這個時候轉學耶。」

「開學後，妳會被分到四班來嗎？」

亞衣、麻衣、美衣接二連三地提出問題。「哼！」耶俱矢擺出翹腳的姿勢。

「從哪裡……嗎？哼，好問題。本宮所在之處是從天之頂至地之底。從幽世之盡頭到現世之邊疆。那是超越汝等理解範圍的領域唷。」
「幽世……現世……？」
十香歪著頭，只能隱約理解她似乎說了些非常厲害的事情。
「嗯，原來如此。耶俱矢知道好多艱澀的字彙，好厲害呀！」
「呵呵……知道就好。本宮很喜歡汝。汝的名字為何？」
「嗯，我叫夜刀神十香。」
「十香嗎……呵呵，真是個好名字。過來吧，讓本宮摸妳一下。」
不知為何，耶俱矢心情愉悅地撫摸著十香的頭。
「嗯？怎……怎麼回事，好癢唷。」
「汝是個可造之材。接受闇夜的洗禮，成為本宮的眷屬吧。」
「眷屬？那是什麼？」
「呵呵……那是加入本宮陣營並肩作戰的資格。也意味著汝的名字會被列在這世界上最偉大的一族中。」
「哦哦……！雖然不太懂妳的意思，不過聽起來好厲害！」
不知為何，十香直率地說完這句話之後，耶俱矢的手指彷彿非常感動似地不停顫抖。她的反應，看起來就像是總算找到伯樂的藝術家或發明家。

「好……很好！本宮會全心全力庇護汝！汝應當感到光榮！」

「嗯，我很光榮！」

看到她們兩人的反應，亞衣、麻衣、美衣用手扶住臉頰，「呀！」的大叫出聲。

「嗚啊！真是令人受不了！十香與耶俱矢真是太可愛了！」

「等等，可以照張相嗎？請看我這邊！」

「性別這種事情根本不重要！」

說完後，三人做出扭動身體、手拿數位照相機、目光閃閃地凝視這裡並且舔嘴唇等舉動。

感受到這股視線而皺起眉頭的耶俱矢，突然像是察覺到某件事般瞪大眼睛。

「汝叫十香吧？難道汝……是那個時候士道揹在背後的女孩嗎？」

「士道他怎麼了嗎？」

聽見十香的回答，耶俱矢半瞇起眼睛，牽著十香的手走到房間角落。

「哎呀呀，耶俱矢要去哪裡呀？」

「從現在開始，本宮打算與自己的眷屬討論一份重大情報。那是常人無法承受的詛咒之語，聽見的話耳朵會爛掉唷。如果不在乎的話，就儘管豎起耳朵吧。」

「啊～悄悄話嗎？啊哈哈，不會偷聽的啦！」

亞衣發出爽朗笑聲，同時如此說道。不過，十香卻表現出擔心受怕的樣子，用雙手按住耳垂，全身不斷發抖。

「耳……耳朵會掉下來嗎……？」

「別擔心。身為本宮眷屬的汝，擁有不可思議的靈力護體，所以不會有事。」

「是嗎……眷屬真是厲害的東西吶。」

十香以欽佩的表情低聲呢喃。然後，耶俱矢心滿意足地點點頭，低聲發問：

「十香，汝與士道很親近吧？」

「姆？嗯，士道的事情我幾乎都知道唷。」

「是嗎？呵呵……那麼，本宮有幾個問題要問汝。」

聽見十香的話，耶俱矢豎起一根手指，開始提出問題。

「請求。今天晚上要在這裡打擾了，我的名字是八舞夕弦。請大家多多指教。」

說完後，無精打采半瞇著雙眼的少女，用三指抵住地板，低頭行了個大禮。

「別……別介意，妳不需要這麼畢恭畢敬……」

夕弦那過於禮貌的舉動，反而讓四〇二號室的每個人都變得相當拘謹。大家表現出無法冷靜的模樣，慌張揮舞雙手，目光飄移不定，臉上還露出僵硬的苦笑。

本來這一組的成員，就是以在班上個性較為內向的女孩為中心，為了湊齊人數所以才將找不到組員的剩餘人數分配在一起。由於組員彼此之間本來就不常聊天，所以剛剛的對話只到這裡就結束了。

「…………」

不過，折紙似乎完全不在意這種微妙的氛圍。反而因為比平時還安靜，不會出現不必要對話等因素，相當滿意自己被分到這一組。

折紙坐在房間角落望向窗外，遺憾地嘆了一口氣。

根據事先精心調查的結果，折紙發現隔開女湯與男湯的圍牆上有一道裂縫……不過卻沒有看見士道的身影。

或許是無法忍耐沉默不語的緣故，折紙聽見其中一名組員對夕弦開口說話：

「那……那個……妳的腳會不會痛？這裡有座墊，如果妳願意的話……」

「感謝。恭敬不如從命。」

說完後，夕弦往組員們的方向走過去。

這項行動，讓組員們終於鬆了一口氣。房內的氣氛稍稍緩和了一些。

「突然轉學一定很辛苦吧？如果妳有任何問題，可以問我。」

「多謝。讓您操心了，夕弦真是惶恐至極。」

說完後，夕弦再次鞠了個躬。戴著眼鏡的女學生露出困擾的苦笑。

然後，在抬起頭的同時，夕弦輕啟雙唇：

「提問。那麼，夕弦可以請教您一個問題嗎？」

「好的，當然可以。是什麼呢？」

「請求。請教夕弦吸引男性的方法。」

「咦……！」

聽見面無表情的夕弦提出這個問題，組員們不禁當場愣住。

「那……那個……？妳剛剛說什麼？」

「重複。吸引男性的方法。請告訴夕弦能讓男性掙脫理性枷鎖、按捺不住的技巧吧。」

「…………！」

組員們漲紅了臉。由於是班上較為純情的女孩子所組成的團體，所以對於這種話題似乎沒什麼抵抗力。

不過，既然已經說出「什麼問題都可以問」這種話，那麼就不能臨陣退縮了。最先開口說話的那名女孩子，結結巴巴地開口說道：

「這麼嘛……像……像這樣假裝不小心碰到對方的手……？」

「那……那種少女漫畫般的情節應該行不通吧……」

「呃……那麼怎樣的方法比較好呢？」

「嗯……那個……還是將喝過的果汁遞給對方……？」

「——太天真了。」

原本在一旁觀看她們對話的折紙，突然插嘴說道。組員們紛紛露出意外的表情望向折紙。

「咦？鳶一同學……？」

「妳說『太天真了』……？」

「真是不像話。像那種漫無目的的行動，怎麼可能攻陷意中人呢？」

聽見折紙的話，夕弦的眼睛靜靜閃爍著光芒。

「請求。夕弦看得出來您並非等閒之輩。還請多多指點。」

「…………」

折紙輕輕嘆了一口氣，然後將身體往夕弦的方向轉過去，用手指指向眼前之處。

夕弦立即站起身來，接著正座於折紙所指示的位置。

「首先，最重要的是——」

接下來，折紙以平靜語氣開始說話。

◇

士道總算從海裡上岸抵達令音的房間，身上穿著借來的備用浴衣，在將茶杯中的熱茶一飲而盡之後，他才終於大大地嘆了一口氣。

「真是抱歉，謝謝妳的幫忙……」

「……不會。那真是一場災難吶。」

說完後，令音輕輕聳肩。

士道不自覺地挪開視線。令音雖然穿著旅館提供的浴衣……但是腰帶並沒有綁得很牢，所以只要她一動，就能隱隱約約窺見誘人胸部。對於健康的高中男學生的眼睛而言，可說是藥效猛烈的劇毒。

「……你怎麼了？」

「沒……沒事。對了，與〈佛拉克西納斯〉取得聯絡了嗎？」

聽見這個問題，令音沉默不語地搖頭。

「……沒有，所有方法都行不通。」

「是嗎……呃，那麼那兩人——耶俱矢與夕弦……」

令音輕輕點頭，然後開始操作放置在桌上的小型筆記型電腦。畫面播放出以望遠攝影機拍攝到的，在風中飛舞的兩個人影，以及精細的數據與文字列。

單憑這個畫面，本應無法判斷其長相的。但是——

「這是……耶俱矢和夕弦？」

「……啊啊，應該是。」

士道指著畫面開口說話。然後，令音輕輕點頭。

「……事實上，她們在我們這一行裡，算是小有名氣的名人吶。所以當我聽到你說在風中看見這兩人組精靈的瞬間，我就大約猜到了。」

「她們是……名人？」

聽見士道的問題，令音輕輕舉起手，示意自己即將依序解說。

「……她們被稱為〈狂戰士〉(Berserk)。如你所見，是駕馭風的精靈。」

「〈狂戰士〉……」

「……是的。世界各地都有觀測到這兩名精靈的現界反應。當她們現身在這個世界之後，通常只會兩人在一起吵吵鬧鬧……但是，問題是空間震規模。」

「啊啊……」

士道搔搔臉頰，想起白天的事情。颳起樹木、使海洋捲起狂浪的驚人暴風。如果再發生那種規模的災害，那可真會讓人吃不消呀。

「發生在各地的突發性暴風雨，有時就是她們引起的。而且，也出現了許多目擊者。在美國還被八卦雜誌拍下照片，似乎還引起那到底是天使、幽浮還是飛行在天空中的麵條怪物等爭論。」

「目擊……啊——」

此時，士道發現了一件事。這麼說來，精靈明明在這麼近的地方現身，但是四周卻沒有響起空間震警報。

或美島北街區的避難所普及率之高，幾乎不輸給士道他們所居住的天宮市。只要觀測到空間震的前兆，一定會發布警報才對呀。

「難道，那兩人也是靜穆現界？」

士道以害怕的口吻如此說道。令音搖搖頭。

「……不是，似乎有觀測到前兆。不過是在太平洋近海的遙遠上空。」

「太平洋近海的——空中？」

「……啊啊。〈狂戰士〉兩人的空間震規模是A等級……是十香她們遠遠不及的大爆炸。但是不知為何，她們現界的位置大多在空無一物的天空中。」

「咦？那麼。那兩人為什麼會出現在這座島上……」

「……很簡單。她們在空中現界之後，就移動到這裡了。宛如移動性低氣壓的兩人，只需要耗費幾分鐘的時間，就能在互相戰鬥的情況下，穿越數百公里的距離來到這裡。」

「什……」

「……就像是給世界帶來困擾、擁有自我意識的颱風呀。不曾在人類面前展現明確的攻擊意識，也沒有怨恨這個世界。僅僅兩人爭鬥的餘波就能摧毀森林、山河、街道。她們是反覆無常的狂戰士。」

令音在說話的同時，「嗟！」按下終端機的確認鍵。於是，畫面播放出被破壞得體無完膚的街景。

「……她們造成的災情相當慘重。再加上，她們的身影經常暴露在眾人眼前，所以對於主張不公開精靈存在的組織而言，可說是煩惱的根源。因此，不管〈拉塔托斯克〉或是ＡＳＴ，都將耶俱矢與夕弦列為優先目標……不過，至今為止，都沒有人能與她們進行接觸。」

「為……為什麼？」

「……因為她們的移動範圍與移動速度。如果從現界之後才開始追逐，沒有人能追上她們的速度。所以你能夠與她們邂逅，可以說是僥倖中的僥倖。」

「原……原來如此……」

令音晃著頭繼續說道：

「……我們現在聯絡不上〈佛拉克西納斯〉，處於失去〈拉塔托斯克〉支援的情況。我也無法靠現有的器材，進行完整分析。如果就這樣直接攻略精靈，確實會承擔比以往更大的風險吧。不過——也不全然是壞事。」

「妳的意思是……」

「……她們現在正打算主動引起你的好感，不是嗎？」

「沒錯……」

士道的臉頰滴下汗水。就是因為這樣，所以剛剛才會遭遇那種慘事。

「……在以遭遇率相當低的〈狂戰士〉作為對手的前提下，這可是求之不得的狀況。如果錯失這個機會，或許就再也沒有機會遇見耶俱矢與夕弦了。這可不是開玩笑。所以，要在她們改變心意之前封印力量才行。」

「所以，意思是……要在沒有〈拉塔托斯克〉支援的情況下進行攻略嗎？」

說完後，像是為自己說出口的話感到緊張一樣，士道嚥下一口唾液。

雖然那些選擇題所發揮的作用還有待商榷……但是不能掌握對方精神狀態這一點，確實會造成很大的影響。最重要的是，背後有人支援的話，就會覺得自己不是孤軍奮戰，心理層面自然會獲得較大的餘裕。

「……是的。事實上，我們還有一個在攻略她們的時候，需要面臨到的問題。」

「什麼問題……？」

「……其實很簡單。因為〈狂戰士〉有兩個人。而且，現在她們正在比賽誰有辦法籠絡你。假使你親吻了其中一方——會變成什麼情況呢？」

「啊……」

如果為了封印而親吻，她們就會將被親吻的那一方視為決鬥勝者吧？

不過，那名勝利者在獲得勝利的瞬間，將會失去靈力。

如果敗者無法接受這個事實而展開攻擊的話——那麼屆時將沒有人有能力阻止悲劇發生。

「……我不是在懷疑她們的道義與操守……可是我們不能單憑這點就將或美島上的人們置於險地。」

「妳說得……沒錯。那……那麼，意思是我只能偷偷親吻其中一方囉？」

但是，聽見士道提議的令音，卻一臉困擾地低聲說道：

「……那也不一定。她們原本是同一名精靈吧？所以很有可能會像你跟十香那樣，彼此之間有靈力的線路連接也說不定。如此一來，在封印其中一方的時候，另一方就會有所察覺了。」

「那……那麼，到底該怎麼做……」

士道露出為難的表情如此問道。然後，令音抱起雙臂點點頭。

「……也不是完全沒有辦法。請仔細聽我說一個對策吧。」

「對策？」

「……沒錯。今日白天對談的時候，我與她們達成一樣協議。教育旅行的最後一天——也就是到後天早上為止，一定會讓你在她們兩人之間做出選擇。」

「後天……嗎？」

「……是的。兩天後必定能得到成果。如此一來，她們就不會輕易改變心意了吧？至少，也能爭取到一天的猶豫期。那是對於我們而言，相當重要的——約會時間。」

聽見令音的話，士道倒吸了一口氣。

「也就是說……妳要我讓耶俱矢與夕弦在明天一天之內迷戀上我……？但是——」

「……不，意思有些不同。」

士道的話才說到一半，令音搖了搖頭。

「……這一次，換你被迷戀。」

「……………………………啊？」

「……所以你必須以此為前提，讓她們兩人迷戀上你。」

一瞬間還聽不懂令音話中的意思，士道露出目瞪口呆的神情。儘管自己看不見，但是想也知道那應該是相當愚蠢的表情吧？

但是，令音沒有嘲笑士道的滑稽模樣，反而平靜地繼續說道：

「……我將耳麥交給耶俱矢與夕弦了。小士，我打算協助她們攻略你。她們會依照我的指示做出行動，你只要表現出令人滿意的反應就好──必須讓她們認為我的支援是值得信賴的。」

「咦！不，等等，我不懂妳的意思……」

「……只要她們認為我的指示是正確的──就能在一定程度上控制兩人的行動。沒錯，例如──讓兩人在同一時間親吻你。」

「……！」

士道的肩膀突然顫動了一下。

同時與兩人接吻。

當然，這種事情從來沒有被驗證過──如果這個方法可以同時封印兩人靈力的話，就可以消除令音的疑慮了。

「……這可以說是苦肉計。不過……我認為這是唯一可以封印兩人靈力的方法。你覺得怎麼樣？」

令音目不轉睛地凝視著士道的眼睛。

「妳問我覺得怎麼樣……」

回看那裝飾著黑眼圈的雙眼，士道嚥下唾液溼潤喉嚨。

這的確是一項艱難的任務。只要有一個環節出錯，不僅是士道，就連十香、折紙，甚至是學校的每個人、島上的居民都會被牽扯進來。

不過──如果不做的話，世界某處又會發生突發性颶風了吧。
──而且……士道輕輕咬了咬嘴唇。
自從明白耶俱矢與夕弦兩人的關係之後，士道心裡始終有一股難以忍受的討厭感覺。
爭奪主要人格──敗者將會被對手取而代之，並且永遠消失不見。
為了讓自己生存下來，必須殺死對方才行。這真是最惡劣的情節。
從生下來的瞬間，兩人就背負了其中一方必須消失的不合理命運。
不過，如果士道能封印她們兩人的靈力，或許就能改變她們的命運。
「…………」
至今與自己相識的精靈們的相關回憶，在士道的腦海中一一蘇醒。
十香、四糸乃、狂三，以及──琴里。
危險不危險、拯救世界等問題都可以先拋諸腦後。
──想要拯救精靈，拯救被最差勁的命運給囚禁的少女。
只需要這個理由，就足以讓士道伸出援手。
「我明白了……我試試看。」
「……抱歉。你真是幫了個大忙。」
說完後，令音突然將視線從士道身上移開，輕輕低下頭。

被人如此恭敬對待，士道感到全身不對勁。於是露出苦笑揮了揮手。

「沒這回事。我也對精靈——」

話才說到一半……

「——哈啾！」

士道晃動著肩膀打了一個大噴嚏。話說回來，雖然現在是夏季，但是身體卻感到涼颼颼的。

看來是剛剛潛入海中的緣故吧。

「……感冒了嗎？」

「不……我沒事。」

說完後，士道吸了吸鼻涕。

此時，令音像是想到什麼主意般，「砰！」地拍了拍手。

「令音？怎麼了？」

「……啊啊，你還是得多多注意身體才行。今天就先休息吧。」

「咦？不，應該不要緊……」

「……萬一你明天倒下了，耶俱矢與夕弦該怎麼辦呢？」

被令音這麼一說，士道低聲嘟囔了一會兒。

「我知道了。那麼我先去休息了。」

就在士道說完這句話打算起身之際，不知為何，令音抓住士道的手。

「……等一下。小士——在這裡睡吧。」

「咦？」

無法理解令音所說的話，士道瞪大了雙眼。

◇

從那之後，經過二十分鐘。士道終於徹底理解令音的意圖。

「呵呵……令音告訴本宮了唷，士道。汝似乎感冒了呀？哈哈，人類真是不堪一擊呀。只因為遭遇這種小事就生病了？」

「宣言。請安心。只要有夕弦的照顧，明天就會痊癒。」

說話的同時，身穿浴衣的耶俱矢與夕弦走進房間。

「……啊啊，抱歉。」

士道蓋著棉被、額頭上放著濕毛巾，臉上浮現尷尬笑容如此說道。

雖然士道在一瞬間有股想要脫口說出「妳們以為是誰害的呀」的衝動，不過最後還是隱忍了下來。

令音已經向自己解釋過大概的情況。簡單來說就是藉由看護病人的機會提昇親密度，同時掌握她們的行動模式。

所以，利用「防止其他學生遭受感染」的名義挪出一間教職員房間，讓士道獨自一人睡在這裡。順帶一提，設置在房間隱蔽處的隱藏式攝影機，正記錄著她們的一舉一動。

耶俱矢與夕弦，似乎都想努力在此時贏得更多的好感，讓士道能選擇自己。所以看起來幹勁十足。

「呵呵……打擾了。」

「失禮。打擾您了。」

兩人脫去拖鞋，進入房間。然後，將士道夾在中間，正座於左右兩方。

接下來，目不轉睛地盯著士道的臉。

「……呃，怎麼了？」

聽見士道的話，耶俱矢與夕弦突然抬起頭來注視對方。

「呵呵……夕弦啊。話先說清楚。如果汝還認為本宮是以前的八舞耶俱矢的話，可是會受傷的唷。在獲得優秀的眷屬之後，本宮已經脫胎換骨了。」

「嘆息。耶俱矢又在故弄玄虛了。」

聽見耶俱矢的話，夕弦不以為然地聳了聳肩。很明顯的挑釁舉動。不過，耶俱矢並沒有上當，只是揚起嘴角發出自信笑聲。

夕弦似乎也察覺到耶俱矢游刃有餘的態度。微微瞇起眼睛。

「驚嘆。似乎不是在虛張聲勢吶——但是，夕弦也是如此唷。夕弦得到了一名非常了不起的老師。如今已無人能與夕弦相比。」

「哦……？真是有趣。那麼堂堂正正地一決勝負吧。」

說完後，耶俱矢的視線再次落到士道身上。

「姆。」

十香洗完澡之後換上浴衣，行走於旅館走廊上。當她來到十字路口時，與折紙不期而遇。

穿著款式簡樸的家居服，手腕提著看似化妝包般的東西，手上不知為何還拿著一個包有保鮮膜的盤子。盤子裡似乎還放著飯糰。

儘管很在意她為何會拿著這些東西，但是老實說，對方並不是自己樂於見面的人，而且也不想與她多說話。她迅速別開臉，繼續朝著目的地的方向前進——不過……

「……嗯？」

十香驚訝地皺起眉頭。原因是折紙沉默不語地跟隨在自己身後。

「姆，妳幹麼一直跟在我後頭？」

「我沒有跟著妳。只是前進方向剛好一致而已。」

折紙面無表情地如此回答。十香更用力地皺眉。

「……妳這傢伙，難不成妳打算到令音的房間去？」

聽見十香的話，折紙的眉毛突然抽動了一下。

沒錯。十香也是要去令音房間——正確來說，是去探望正在令音房間休息的士道。

剛剛十香前往士道房間打算找他玩的時候，聽見士道感冒正在其他房間休息的消息。

不過——沒想到居然連折紙都掌握了這項情報。

「士道有我照顧就可以了。妳回自己的房間吧。」

「別開玩笑了，士道要由我來照顧呀！」

「我不認為妳做得到這件事情。」

「妳說什麼！」

「那麼，請妳提出具體做法？」

「那還用說嗎？首先——」

十香自信滿滿地開始敘述。

士道不禁發出一聲「咿！」的叫聲。因為耶俱矢微微羞紅了臉，像是下定決心似地拍了拍臉頰，然後就這樣與沖沖地打算鑽入士道的被窩裡。

「等……等一下！妳到底想要——」

「呵呵……感冒的時候，最重要的就是讓身體保持溫暖吧？而且，聽說汝喜歡與女孩子同床共枕？」

「什……什麼！」

士道用雙手緊緊抓住棉被不放，大叫出聲。士道畢竟是男孩子，當然是不討厭這種事情啦。但是……

「那……那是什麼啊？我可沒聽說過有這種事情——」

「不對嗎？本宮的眷屬說過，某一天早上起床的時候，發現不知從何時開始，汝就出現在被窩裡……」

「……抱歉，確實有這件事。」

士道臉頰抽搐了一下，如此回答。耶俱矢所說的「眷屬」恐怕……不對，一定就是十香吧。以前琴里確實趁自己睡著的時候，命人將自己搬進十香的棉被中。

聽見士道如此回答，「哼哼哼！」耶俱矢朝夕弦露出一個誇耀勝利的笑容，然後滿足地點了點頭。接下來，打算再次擠進被窩裡。

「不……不對，聽我說——！」

就在士道緊緊按住棉被打算拒絕她的時候，「嗚……」耶俱矢將眉毛皺成八字眉。

「我……我就……不行嗎？」

「……！不……不是這個意思……啊啊，真是的！」

士道露出束手無策的表情按住頭。

「──像這樣，陪他睡覺幫他取暖！」

十香從鼻間哼了一聲，自信滿滿地將手臂交叉於胸前。

沒錯，令音與琴里，她們曾經說過感冒的時候，最重要的是要保持身體溫暖。

再加上，士道曾經不知不覺鑽進十香的被窩裡，一定是喜歡有人陪睡的緣故。那個時候因為事出突然，所以嚇了一大跳。不過現在士道生病了……算了，就破例一次吧。

不過，折紙卻不以為然地搖了搖頭。

「妳果然是個沒用的傢伙。還是乖乖回房間去吧。」

「妳……妳說什麼！」

「證據就是，妳根本什麼都沒準備。」

「什麼？」

十香瞪視著折紙並且如此說道。然後，折紙將視線落在用手腕提著的小包包。

「我準備了溫度計、冷敷貼布以及擦拭身體的毛巾。萬無一失。」

「哼、哼！房間裡本來就備好毛巾了！那種小事我也……」

說完後，折紙搖搖頭。

「不是這個意思。好不容易有機會幫他擦汗，如果用旅館的毛巾，就不能留在身邊了。」

「姆、姆嗚……？」

無法理解折紙話中的意思。十香發出嘟囔聲。

「而且，妳還沒有理解最重要的事情。」

「重要的事情？」

「沒錯。使用毛巾是最後的手段。」

「什麼？那不是拿來擦汗的嗎？」

「是我的話，我就會這麼做……」

折紙以平淡的語氣開始敘述。

就在士道與耶俱矢展開一場攻防戰之際，夕弦以緩慢的動作往士道的方向靠近一步。

接下來，「啪沙！」突然扯掉棉被。

「嗚哇！妳……妳在幹什麼呀，夕弦！」

「嘖！對呀，妳這傢伙居然打算妨礙本宮陪睡，真是卑鄙！」

像是在贊同士道的話，正打算擠進棉被的耶俱矢出聲指責。不過，夕弦表現出完全不在乎的樣子，輕輕抽動鼻子。

「確認。發現出汗了。」

「咦？啊啊……那個，確實有一點流汗。」

士道輕輕點頭並且如此回答。為了假裝成感冒的樣子，雖說是晚上，但是在這炎炎夏日中蓋上被子，出點汗也是正常的吧。

「指摘。如果放著不管，汗水蒸發時會帶走體溫。必須馬上擦掉。」

「不……哎，妳說得沒錯，但是……」

此時，士道瞪大了雙眼。夕弦突然抓住士道浴衣的衣襟，迅速地往左右拉開。

「啊——」

接下來，夕弦趴到士道身上，伸出舌頭舔拭士道的胸口。

柔軟、溫暖、溼潤的觸感，彷彿搔癢般在士道胸口來回游移。突然間，「呀啊！」士道不自覺地發出像是女孩子的叫聲。

「夕……夕弦！等……！」

「妳……妳妳妳妳妳在做什麼呀！夕弦！」

配合士道的反應，耶俱矢大叫出聲，抓住夕弦的頭，將她從士道的身上拉開。
接下來，夕弦舔舔嘴唇，露出疑惑的表情。
「疑問。為什麼要出手阻止？」
「妳……妳還問為什麼！妳到底在做什麼！」
「老師教導夕弦，如果要擦汗的話，這是最好的方法。」
聽見夕弦的話，士道的眉毛抽動了一下……總覺得除了那個人以外，沒有人會說出這種話。
不過，無論如何，必須先解決眼前的狀況才行。士道重新拉好衣服遮住裸露胸膛，蓋上原本被搶走的棉被。

「──像這樣，用舌頭將他的汗水舔乾淨。」
「那……那樣做有什麼意義嗎！」
臉頰滴下汗水的十香大聲說道。然後，折紙嘆了一口氣。
「我真是替妳那貧乏的感性感到悲哀。」
「唔……」
不知為何，自己明明是正確的，卻感受到一股難以言喻的挫敗感。十香緊咬牙齒。但是，不能在這裡投降。十香搖搖頭，開始反駁：

「但……但是擦過汗之後，最後還是要陪睡吧！」

「妳所說的也有一番道理。一起睡覺也是一項相當重要的要素。」

「妳看吧！我也是有派得上用場的時候！」

不過，折紙卻再次表示否定。

「即使如此，這件事情只需要我一個人就好。」

「別……別開玩笑了！我的陪睡技巧比妳還要好！」

十香與折紙互相對望，彼此之間劈哩啪啦冒出了火花。

在士道重新蓋好被子後，彷彿在等待這一刻，耶俱矢跪趴在床，同時掀開士道的棉被。

「呵呵……看來士道比較喜歡本宮陪睡吶。」

「否定。即使是陪睡技巧，夕弦依舊遠遠凌駕耶俱矢之上。若要取暖，請務必選擇夕弦。」

「不，好奇怪！這樣好奇怪呀！」

士道拚命阻止。然後，耶俱矢與夕弦瞪大雙眼。

「為什麼……？想要變得溫暖的話，人類肌膚是最好的選擇呀！」

「同意。聽說確實是這樣。」

「又……又不是在雪山裡，我一個人沒問題……」

士道握緊胸前的棉被，一邊逃離兩人的魔掌一邊如此說道。從畫面上看來，很像是被歹徒襲擊的女主角一般。

於是，夕弦像是領悟了什麼似地拍了拍手，然後輕輕點頭。

接下來，她緩緩起身，將繫在浴衣上的腰帶解開來。

「什……！」

士道與耶俱矢同時露出驚慌失措的表情。

不過，夕弦表現出完全不在意的態度，從容不迫地俯瞰士道。從失去束縛的浴衣的一點點縫隙中，窺探到的妖豔肌膚與上下成套的內衣，都讓士道的心跳以異常速度劇烈跳動。

「什、什什……什麼……」

「理解。這麼說來，老師曾經說過，取暖時一定要肌膚直接接觸，否則就沒有意義了。」

「那是什麼不合常理的理論！」

即使士道發出慘叫聲，夕弦依舊毫不在意地鑽進被窩裡。

接下來，握住士道顫抖的左手，放入自己的浴衣裡頭。

「哈啊！」

滿臉通紅的士道大叫出聲。雖然自己看不到，但是想必頭頂與耳朵一定都冒出煙來了吧。

「等……妳……妳為什麼在棉被裡動來動去的！」

「無視。耶俱矢不用知道。棉被裡頭是大人的空間。」

夕弦如此說道。然後，耶俱矢悔恨地磨著牙。

「不……不要小看我啊啊啊！」

接著將手放在自己的腰帶上，「啪沙！」一聲，一鼓作氣解開腰帶。

「什……！」

士道瞪大眼睛。因為耶俱矢比夕弦更加用力扯掉腰帶的緣故，所以浴衣在一瞬間翻捲起來。

而且──

「為……為什麼是全裸啊，耶俱矢！」

沒錯。夕弦在浴衣底下至少還穿著胸罩與短褲，但是眼前的耶俱矢卻是什麼都沒穿。士道慌慌張張閉上眼睛。

「……！驚訝。沒想到耶俱矢會做到這個地步……」

夕弦也驚訝到瞪大了雙眼。看見他們兩人的反應，耶俱矢一臉困惑地開口說道：

「咦？浴衣……不就是這樣穿嗎？因為十香說──」

「不，雖然她說得沒錯──」

「哎……哎唷！不管了啦……！」

情緒激動的耶俱矢自暴自棄地大聲吼叫，就這樣鑽進士道的被窩裡。

接下來，她與夕弦一樣握住士道的手，把雙腳纏上士道的身體。

「來……來吧……士道唷。現在只需要感受本宮的治癒能力即可……！比夕弦那個傢伙還要溫暖吧？你看，夕弦的體溫本來就比較低！」

「否定。耶俱矢的胸口比較冷清，所以發熱量應該也比較低才對。」

「嗚啊……！」

在兩人的爭論之中，士道在緊張到全身僵硬的情況下，吐出一口氣。

身上不僅蓋著被子，身體左右兩側還被人緊貼著不放。清清楚楚感受到溼潤肌膚緊貼在身上的觸感、耳際邊的吐息、微微飄散的汗味，士道已經快要不行了。讓人再也無法繼續忍耐下去。

「制止。耶俱矢，士道的臉好紅。」

「什麼？明明吾等都在為他取暖了。難道是病情加重了？」

「假設。或許是對耶俱矢過敏吧。離他遠一點。」

「不……不要把我講得像灰塵一樣！」

「建議。先別開玩笑了，得趕緊想個辦法。」

「想辦法……該怎麼做才好呢？」

「提議。話說回來，雖說要『直接接觸』，但是肌膚的接觸範圍似乎被限定了？」

夕弦說完這句話沒多久，突然放開士道的左手。

呼……士道暗自鬆了一口氣。不過，下一瞬間，士道的身體再次僵直在原地。

理由很單純。因為夕弦的手開始解開士道浴衣上的腰帶。

「等……不行，妳……妳要幹什麼！」

即使士道淚眼汪汪地大叫出聲，但是夕弦還是沒有停手。不僅如此，半途察覺到夕弦舉動的耶俱矢，雖然紅著臉卻還是不服輸地幫忙脫掉士道的浴衣。

「呀……呀啊啊啊！呀啊啊啊啊啊啊！」

「吵死了，安靜一點！這樣很難脫呀！」

「同意。你又不是小孩子。」

棉被不斷高低起伏，接著士道穿在身上的浴衣，從棉被側邊被丟了出去。老實說，士道根本不清楚她們是怎麼做到的。那是猶如高超魔術般的手法。

不過，惡夢尚未結束。接下來，耶俱矢與夕弦的手指朝著士道的最後一道防線——內褲直撲而來。

「好……好了……這是最後一件了。」

「肯定。一口氣脫掉吧。」

表現出興奮模樣、呼吸紊亂的兩人，用力抓住士道的內褲。

「不……不要啊啊啊啊啊！」

士道尖銳的慘叫聲響徹屋內。

與折紙在旅館走廊對峙，陷入膠著狀態的十香，在忽然聽見不知從何處傳來的慘叫聲之後，皺起眉頭。

「……嗯？妳有沒有聽見什麼聲音？」

「一定是妳出現幻聽。妳還是多多保重身體，回去房間休息吧。士道就交給我吧。」

「妳還在說這種話……！」

十香倏地指向折紙手上拿著的盤子。

「那麼，那個盤子是什麼？照顧士道根本不需要用到那個東西吧！」

十香說完後，折紙以理所當然的語氣回答：

「這是要給士道吃宵夜用的。感冒的時候，必須補充體力才行。」

「哼、哼！露出破綻了吧！應該準備粥給感冒的人吃才對呀！」

沒錯。以前令音與琴里確實是這麼告訴自己。

不過折紙卻一點兒都不驚訝，反而平淡地做出回應。

「感冒的時候應該要吃容易消化的食物。那是理所當然的。」

「什麼……？那麼為什麼會準備那種——」

「我會當場將食物弄成流質狀，再直接餵進士道的口中。不會有問題。」

「妳……妳說什麼……？」

十香歪了歪頭。沒看到折紙攜帶其他的器具，她要如何將食物製作成流質狀呢？而且她說的「直接」到底是什麼意思……

就在十香陷入沉思之際，折紙不發一語地邁步向前走。突然回過神來的十香睜大雙眼，慌慌張張地抓住她的肩膀。

「等……等一下！照顧士道的事情由我來做！」

「放開我。士道在等我。」

「別開玩笑了。怎麼可能——」

就在折紙與十香在道路正中間爭論時，有三個人影從背後迅速走過來，一邊壓低身子一邊將兩人包圍在中間。

「什……什麼……？」

十香的肩膀搖晃了一下，望向分散在周圍的女學生們。熟悉的臉孔。她們是與十香同寢室的亞衣、麻衣、美衣三人組。

「嘿嘿，兩位今天還是這麼有精神呀～」

「不過，在這種人來人往的地方，會給大家添麻煩的唷。」

「可以的話，要不要交由我們裁定勝負呀？」

亞衣、麻衣、美衣做出猶如企圖盜壘的跑者姿勢，踩著小碎步左右移動，並依序開口說話。

「姆……？」

「…………」

被三人圍住的十香與折紙，一臉驚訝地互相對望。

◇

緊靠在旅館走廊牆壁探查情況的艾蓮，在確認目標──夜刀神十香進入房間以後，用手指按住耳麥。

「──這裡是亞德普斯1號。目標進入房間裡了。」

「收到。是否要展開〈幻獸．邦德思基〉？」

「為了小心起見，請在房間外展開三台。不過，鳶一折紙上士似乎也在房間裡。為了以防萬一，請格外留意展開隨意領域的範圍。」

「是。出動〈幻獸．邦德思基〉一到三號機。」

遵照艾蓮的指示，接線員下達指令。

然後，就在艾蓮打算對著耳麥傳達下一個指令的時候……

「——呃啊！」

艾蓮的臉部突然被從房間飛出來的某種東西擊中，當場摔倒在地。

「痛——剛剛那是……」

她按住鼻子起身之後，身體瞬間凍結在原地。

「難道說，被發現了……？」

雖然不是什麼猛烈攻擊，但是剛剛那一擊，很明顯是衝著艾蓮而來。

——應該不會吧。艾蓮暗自在心中推翻剛剛的想法。〈幻獸．邦德思基〉尚未採取任何顯眼行動，而且艾蓮也什麼事情都還沒做。不對，不能小看精靈的感知能力……一瞬間，各種念頭在艾蓮腦內打轉。

無論如何，現在的處境非常危險。於是艾蓮決定從現場撤退——

「啊，發現攝影師小姐～」

從房間裡傳來毫無心機的聲音，令她當場不敢動彈。

「哦，真的耶真的耶！我記得妳的名字是艾蓮吧？」

「不要讓她跑了，抓住她——！」

一邊大聲叫喊一邊從房間跑出來的三名少女，立即團團圍住艾蓮。

「什……」

——被包圍了！艾蓮緊咬牙齒。

艾蓮對她們的長相有印象。她們是與目標住在同一間客房的學生們。

艾蓮詛咒自己的輕忽大意。她們恐怕已經被精靈奪去自我並且遭受操控。若非如此，根本無從解釋這個異常舉動。

就在艾蓮沉思之際，亞衣、麻衣、美衣按住她的雙手雙腳，抬進房間內。

「嗚——妳們在幹什麼……！」

「喂——攝影師小姐也來參戰了！」

就在亞衣開口說話的瞬間，「哦哦！」房間裡面傳來十香的聲音。

「好吧，我會將妳們全部解決掉！」

「真是好氣魄。」

大聲吶喊後，原本在房間裡頭互相瞪視的十香與折紙將手高舉過頭，把某種物品投擲過來。

「豈能讓妳得逞！攝影師防護罩！」

就在這個瞬間，原本抬起艾蓮雙腳的亞衣急忙鬆手，將身子縮成一團躲藏到艾蓮身後。同時，猶如布塊般的物體，接連不斷地擊中艾蓮的臉部。

「噗啊……！」

發出猶如吐血般的聲音，艾蓮當場倒了下來。
「艾……艾蓮——————！」
「妳沒事吧？這只是小傷而已唷！」
「振作點！妳的家人還在故鄉等妳回去呀！」
就這樣，把艾蓮當成盾防禦的肇事者們，刻意演出拭淚的動作。
艾蓮在混亂意識之中，總算看清直擊自己臉部物體的真面目。
「……枕頭？」
就在艾蓮低聲呢喃的同時——戰爭，再度開始。

◇

結束教師會議的二年四班導師——岡峰珠惠，來到位於隔壁房的村雨令音老師的房間前方。
因為珠惠班上的學生——五河士道突然病倒了，為了慎重起見，所以讓他在這間房間休息。
如果睡著的話，還是不要吵醒他比較好……不過，身為班導師的自己還是得親自確認學生的狀態才可以。「咚咚！」珠惠謹慎小心地敲了敲門。
「五河同學？聽說你發燒了，沒事吧？」

珠惠說出這句話的同時，慢慢打開門。

接下來，那一瞬間……

「不……不要啊啊啊啊啊！」

關切的對象五河士道一邊發出慘叫聲一邊從房間裡飛奔出來。

——不知為什麼，是全裸的。

「————」

「咦……？」

士道在看見珠惠之後，露出驚訝的表情。

瞬間——

「——呀啊啊啊啊啊啊啊啊啊啊啊！」

珠惠與士道的慘叫聲，響遍整個旅館。

第四章 Cross-counter Heart

天亮之後，今天是教育旅行的第二天。

士道來到位於或美島北端的赤流海岸。

在三十年前，島嶼被削去一塊陸地後形成這個海岸，如果從上空俯瞰的話，其形狀就像是微微彎曲的弧形。在觀光導覽時，則會稱呼它另外一個美麗名字——上弦月海岸。

「…………」

但是，這裡卻連一名看似觀光客的人影都沒有。

不過，這也是理所當然。因為當士道正要和大家一同前往更衣室的時候，突然被令音叫住，接著便與她共乘事先準備好的租借汽車一起來到位於赤流海岸邊緣的私人海灘。

似乎是因為攻略士道時，其他同班同學會造成妨礙，所以特地在昨天籌備了這一切。

「哇……好壯觀呀！」

晴空萬里。強烈陽光在極度清澈的海水中反射，讓士道不禁瞇起眼睛。

不過，與那些在一般海水浴場遊玩的精力充沛年輕人們相比，士道喃喃自語的口氣反而比較像個老頭子。說完這句話之後，士道輕輕撫摸臉頰與胸口前的抓傷。

瞬間，輕微刺痛感竄上肌膚，士道不自覺地皺起臉孔。

「好痛痛痛……」

昨晚，當士道打算從耶俱矢與夕弦身邊逃開，而打開房門的那一瞬間，遭受小珠老師的貓爪攻擊。

受到琴里靈力的影響，士道擁有即使身負重傷也能再生的身體。但是，這種能力似乎會將僅靠自身就能痊癒的小傷屏除在外。如果在這種狀態下泡到海水裡，應該會因為殘酷的海水洗禮而淚流滿面吧。

不過，話雖如此——

「反正本來就不是來玩的……」

士道嘆了一口氣。彷彿配合士道的反應，裝置在右耳的耳麥傳來充滿睏意的聲音。

「……小士，耶俱矢與夕弦似乎已經換好衣服了。準備好了嗎？」

聽見令音的話，士道做了一個深呼吸之後回答：「好了。」

「……按照昨天所說的，我已經將耳麥交給她們兩個人了。她們似乎沒到海水浴場游泳過，所以我會給予她們各種指示。請你盡可能配合我們的行動。」

「知……知道了。」

「……為了避免傳遞給她們的建議與跟你的對話混淆在一起，我要暫時關閉這邊的線路……沒問題吧？」

「好的，我會努力的……不過老實說，還是有點不安呀。」

想起昨天發生的事，士道不禁露出一個無奈的苦笑。

「……哎，昨天真是辛苦你了。不過，今天我會拿捏好分寸。那麼，作戰開始。不要忘記誇獎她們的泳裝裝扮唷！」

令音說完最後一句話，通訊便中斷了。

與此同時，背後傳來兩人的聲音。

「呵呵……原來躲在這種地方呀。」

「發現。找到你了，士道。」

極具特色的語調。無須確認，士道緩緩轉過頭。

如自己所料，耶俱矢與夕弦佇立在眼前。耶俱矢穿著裝飾有白色蕾絲的黑色比基尼，夕弦則是穿著配色相反——白底搭配黑色蕾絲的比基尼。

雙方都相當適合這兩件泳衣。如果讓這兩名少女散步在海灘上，應該會有很多男性忍不住出聲搭訕吧。

「哦，早安呀，兩位。身上的泳衣很適合妳們，很好看喔！」

士道按照令音的提醒誇獎她們的泳裝打扮。然後，耶俱矢驚訝地漲紅臉、瞪大雙眼；夕弦則是愣了一下，然後低頭打量自己的服裝。

不過，耶俱矢立即回過神來，將手臂交叉於胸前。

「呵……呵呵呵……沒錯吧、沒錯吧。但是汝不要搞錯了唷。在本宮的魅力之下，這種程度的衣服也會相形見絀呀！」

「道謝。謝謝你，夕弦好高興。」

夕弦直率地點頭道謝。

就在此時……

「……嗯？」

「確認。是的。」

耶俱矢與夕弦的眉毛突然抽動了一下，接著兩人各自用手摀住耳朵。仔細一看，她們的耳朵戴著與士道同樣機種的耳麥。

「呵呵……原來如此，知道了。」

「了解。夕弦明白了。」

士道不自覺地露出苦笑。她們不習慣做這種事情，所以會這樣也是無可奈何……兩人同時將注意力放在耳麥上的舉動，形成一幅相當奇特的景象。

過了一會兒，耶俱矢與夕弦將手從耳麥上移開，轉身面對士道。

「士道啊。本宮長年置身於闇夜之中，所以有點無法忍受這些從天而降的光線。本宮允許汝施展阻絕聖光的瘴氣之庇佑。」

「咦……？」

「請求。請為夕弦塗上叫作『防曬乳』的東西。」

「啊啊……原來如此。」

聽完夕弦的話才終於明白她們的意思。

不過，讓人傷腦筋的是，理解之後該怎麼做才好？因為，所謂的塗防曬乳——

「哼……那就拜託你了。本宮就將自己的背後交給汝了。」

耶俱矢一邊說出這句明顯誤用的話，一邊將防曬乳遞給士道。接下來，夕弦也說出相同的話。

「委託。一切就拜託你了。」

這個東西到底是從哪裡拿來的？不過士道立刻就想到解答了。因為在士道他們所在位置的附近，設置了一處由遮洋傘與野餐墊搭建出來的休息空間。這些恐怕都是令音事前準備好的吧。

兩人互相對望一眼之後，便以臉部朝下的姿勢隨意躺臥在遮陽傘的陰影處。接著解開上衣鈕子，將潔白的背部展現在士道面前。

「那……那個……」

看著並排躺在地上的兩人背部的同時，士道的臉部冒出大量汗水。

塗上這個……這代表著，自己必須用手直接在少女的柔軟肌膚上來回遊走。

接下來，應該是等到不耐煩了吧？耶俱矢與夕弦按住耳麥，開始以微小的音量說話：

「喂，士道沒有靠過來耶。跟妳說的不一樣呀？」

「提問。是哪個步驟出錯了嗎？」

「……呃，糟糕！」

士道皺起眉頭。今天的目的，是讓她們兩人對令音的指令產生信賴感。如果士道在此裹足不前的話，作戰計畫就會宣告失敗。

「好……好吧！那麼，我要塗了唷！」

聽見這句話，耶俱矢與夕弦在瞬間轉頭看向士道，輕輕點了點頭。

「呼……」

總算沒有白白浪費令音的指令。士道鬆安心地嘆了一口氣。

不過——

「呵呵……那麼，士道，有件事相信不需要問，汝也應該知道才對——汝應該會先幫本宮塗防曬乳吧？」

「提問。士道要先幫誰防曬呢？」

「咦……？不，那個……」

兩人維持躺在地上的姿勢互相對望一眼之後，掌握到翻身先機的耶俱矢突然抱住夕弦，將她壓到身下。接下來用雙手雙腳固定住夕弦的身體，不讓她隨便亂動，同時大聲說道：

「士道，趁現在！快點施展瘴氣之庇佑！」

「大意。嗚……」

耶俱矢像是在誇耀勝利般地揚起嘴唇，而夕弦則發出痛苦的悶聲。

該怎麼說呢？在解開上半部泳衣的狀態下呈現這種姿勢，耶俱矢與夕弦的乳房被對方的身體緊緊壓住，呈現出微妙的情色畫面。

「還不快點！」

「好……好的！」

被對方氣勢震懾，士道當場跪下，在手中擠上適量乳液，伸手碰觸耶俱矢的背部。瞬間——

「呃，嗯啊……！」

耶俱矢突然發出至今為止都沒聽過的甜美叫聲，全身顫抖了一下。

「抱……抱歉！很冷嗎？」

「沒……沒關係。快點……動手……」

「好……好的……」

但是，每當士道的手一移動，耶俱矢就像是被搔癢般地扭動身體，同時發出「啊……！」「嗯嗯……！」等聽起來很情色的叫聲。

就連被耶俱矢限制住行動的夕弦，在看見耶俱矢的反應後，也發出「哦哦……」的感嘆聲。

但是，過沒多久，夕弦的眉毛抽動了一下並且回過神來。抓緊耶俱矢在瞬間露出的破綻，將兩人身體上下顛倒過來。

「反擊。有破綻。」

「嗚……！」

接下來，這次換成夕弦壓住呈現仰躺姿勢的耶俱矢。然後，夕弦轉頭望向士道。「哈啊……哈啊……」被夕弦以馬乘姿勢壓在身下的耶俱矢，似乎已經沒有力氣掙扎，只能夠躺在原地不斷喘息。

「請求。士道，快點……給夕弦……」

「唔……！好……好的！」

雖然明白對方是要自己幫忙塗防曬乳，但是這句莫名煽情的姿勢與台詞，還是讓士道不禁心跳加速。

士道努力讓自己保持冷靜，開始在夕弦背部塗抹防曬乳。

「痙……攣。嗚……啊！」

於是，夕弦從鼻間呼出短促呼吸，同時發出像是努力壓低的悶哼聲。

接著，士道以戰戰兢兢的手勢沿著背脊撫摸下去。夕弦像是再也忍耐不住似地，全身彈跳了一下。

「那……那個……」

「驚……嘆，非常厲害……士道。」

「好……好奸詐！接下來換我！」

終於調整好呼吸的耶俱矢撐起身體，將位置逆轉過來。

不過，當士道再次塗抹防曬乳的時候，耶俱矢又再次發出甜膩叫聲，全身也開始顫抖。

「反……擊……不能讓妳稱心如意。」

這一次換夕弦扭動身體，將耶俱矢的背部壓到野餐墊上。胡亂塗抹在背部的多餘防曬乳流到了野餐墊。

「妳這傢伙，想幹什麼……！」

不過，耶俱矢這一次決定展開反擊。迅速握住夕弦的手，重新奪回乘坐在夕弦上方的優勢。

這種情況重複好幾次之後，或許是防曬乳讓身體變滑的緣故，兩人最後呈現各自趴在野餐墊上，互相瞪視的姿勢。

「呃，既然如此……」

士道合起雙掌，讓防曬乳沾滿雙手，然後將手指放在俯臥在地的雙人背上同時遊走。

於是——

「——嗚、啊、啊啊啊啊！」

兩人同時放聲大叫。然後，疲倦不堪的兩人伸直雙手雙腳，像是全力衝刺過的跑者一般用力喘息。

「妳……妳們兩個……沒事吧……！」

士道一臉困惑地如此說道。接著，兩人以空洞的眼神互相對望。

「……這就是所謂的，沒有自覺嗎……」

「戰慄……神之手指……真是個狠角色。」

「什……什麼……？」

不過，此時令音似乎又下達了其他指令。兩人同時按住耳麥，調整好呼吸之後輕輕點頭。

「嗯、嗯嗯，接下來要……打西瓜……？讓士道把眼睛蒙起來……？」

「確……認。一直轉圈直到他頭昏眼花，然後在他前進的方向上待命……？」

「等……等一下！妳們想做什麼？」

這句忍無可忍的叫聲——讓士道的眉毛抽動了一下。

不是耶俱矢，也不是夕弦，聽起來相當耳熟的聲音。

一瞬間，士道還以為是從耳麥傳來令音的聲音。不過，士道猜錯了。那是——

「——士道！」

「十……十香……！」

聽見熟悉的聲音呼喚自己的名字，士道迅速回過頭。後方只有一望無際的海洋，但是聲音確實是從這個方向傳過來的。

定眼一看，發現十香正濺起大量水花，從近海往岸邊游過來。游泳姿勢看起來亂七八糟，但移動速度卻相當驚人。順帶一提，在她的後方，還可以看見折紙正以優美的自由式朝這裡游來。

◇

岸邊，正在監視目標——夜刀神十香的艾蓮，輕輕嘆了一口氣之後，用左手揉了揉肩膀。已經很久沒有在末展開隨意領域的情況下激烈運動，所以現在有點肌肉痠痛。

……結果，昨天的枕頭大戰玩到很晚，自己居然在不知不覺間累到與目標一起睡著了。

今天重新打起精神繼續監視目標，但是白天人潮眾多，目標也不容易落單。果然今天還是得等到晚上再行動——就在這樣的想法掠過腦海的時候……

「——嗯？」

艾蓮驚訝地皺起眉頭。因為從剛剛開始就慌慌張張左顧右盼的目標，突然面向海洋大聲叫喊：「哦哦士道，你在那裡呀！」然後便走進海裡。

不，如果只是這樣的話，那還無所謂——問題是，目標（不知為何鳶一折紙也跟在後頭）就這樣一直線地越游越遠了。

「——〈阿爾巴爾德〉。目標移動了。你們有辦法追蹤嗎？」

艾蓮朝耳麥如此說道。隔沒多久，立即傳來接線生的回覆。

「確認到行蹤了。看來，她正往對側海岸移動過去。」

「對側海岸……嗎？」

說話的同時，艾蓮在腦海中回想起目前所在位置——赤流海岸的地圖。艾蓮他們現在應該位於猶如上弦月般的弧形海岸的末端一帶。從這裡雖然看不清楚，但是十香她們游泳的前進方向呈現一條直線，正好是聯繫海岸兩端的路徑。

「對側海岸有什麼東西？」

「似乎是私人海灘。現在可以確認的是，有三名男女待在那裡。」

聽見這句話，艾蓮舔了舔嘴唇。

雖然不知道十香為何會突然往那個方向移動，但這是個好機會。與一般對外開放的海水浴場不同，私人海灘的人潮比較少，而且說不定會有同學出面說出目標游向近海的證言。現在正是讓她成為失蹤人口的最好時機。

「我也會立刻移動到那裡。請派遣〈幻獸・邦德思基〉隨行吧。」

「是。」

聽見回答，艾蓮將原本拿在手上的相機揹到肩膀，倏地當場站起身來。

——但是……

「哦，攝影師小姐！喂、喂，這邊、這邊！幫我們拍照、幫我們拍照！」

突然從背後傳來一陣叫喚自己的聲音，艾蓮往那個方向瞄了一眼。

海灘上，可以看見幾名正興高采烈玩著沙子的男女。用髮蠟固定髮型的少年，全身被埋在沙子裡，只剩下一顆頭露在外面。從少年的脖子以下，被人用沙子堆砌出一個擺出怪姿勢的身體。

順帶一提，最糟糕的是，在周圍還可以看見昨天將艾蓮牽扯進枕頭大戰的那三名女學生。

「非常抱歉，我——」

「咦咦咦咦咦咦咦咦咦咦咦咦咦咦咦咦咦咦咦咦咦咦咦！」

「好嘛～幫我們拍嘛！艾蓮小姐～」

「我們是共度仲夏之夜的好夥伴呀～」

「…………好。」

艾蓮不耐煩地嘆了一口氣，拿起照相機，草率按下快門。

「這樣可以了吧。那麼，我還有急事要忙……」

「咦～多照幾張啦！」

「剛剛眨眼了啦！」

「話說回來，妳要去哪裡？一起玩嘛～」

「………」

就在對此視若無睹的艾蓮正打算離去的時候，「喀沙喀沙喀沙喀沙！」亞衣、麻衣、美衣突然靠近，接著搶走艾蓮揹在肩膀上的相機。

「妳們在幹什麼！快點還我！」

「不要～一直要妳幫我們照相也很失禮。我們幫艾蓮照相吧！」

「不……不需要。請還我。」

「好了～好了～不要害羞嘛！」

「我沒有在害羞。我真的有急事——」

「好！客人一名，請帶位！」

在美衣說話的同時，不知從何處出現的學生們吵吵鬧鬧地聚集過來，並且輕輕抬起艾蓮的身體。接下來將她直接帶到海灘上。

與此同時，亞衣麻衣美衣拿起小鏟子，「沙！沙！沙！」轉眼間便在沙灘上挖好大約可以容納一人的洞穴。接著將艾蓮放進洞穴中。

「唔，這到底是……！話說回來，妳們挖掘的速度也太快了吧！」

「哼！昨天在旅館的森林裡，早就已經練習過可以將地面挖得面目全非的高速掘穴術吶！」

「如今，對我們而言，挖掘沙灘就像是挖豆腐一般！」

「好了，小伙子們！給我上呀！」

「哦！」

在亞衣的帶頭之下，大家一起將沙子覆蓋到艾蓮的身上。

「嗚啊噗……什……住……請住手！」

即使抵抗也是枉然，艾蓮的身體已經完全被沙子埋了起來。順帶一提，艾蓮身上的沙子高高隆起，形成一個看似雕像的身體。

「嗚……傷腦筋。放我出去。」

「好了～好了～別著急嘛！」

「總而言之，先照張相吧。好嗎？」

「我有幫妳把胸部加大了唷～」

艾蓮垂下視線看往身體的方向。如同美衣所言，胸部的沙子被人堆得高高的……真是雞婆。

順帶一提，仔細一看，艾蓮在右下方發現了剛剛被埋在沙子裡的少年的臉。正確來說——在艾蓮臉孔下方的身體是被雕塑成高高舉起鞭子的女王大人，而少年的身體則是四肢趴在地上翹起屁股的裸男。

為了同時照下這兩尊沙雕，亞衣站到稍微遠一點的位置並且按下快門。

「………」

艾蓮的臉頰抽搐了一下。然後被埋在沙子裡的少年（沒記錯的話，名字似乎是叫殿町宏人）——朝這邊轉過頭來。

「哈哈，妳叫……艾蓮吧？真是傷腦筋呀。」

「是呀。」

艾蓮以滿不在乎的口氣回應。然後，殿町的臉頰微微泛紅繼續說道：

「該怎麼說呢——不，哈哈，這應該就是所謂的……命運吧？」

「………」

自從出生以來，這是艾蓮第一次產生想朝他人吐口水的衝動。

◇

十香與折紙上岸後，往士道他們的方向快步走過來。

順帶一提，兩人的裝扮是士道上個月買給她們的泳衣。十香穿著暗色系，而折紙穿著白色的比基尼。由於兩件都是經過千挑萬選的泳衣，所以穿起來相當好看。

「士道，原來你在這裡呀！我找了好久！」

「士道。為什麼你會和八舞姊妹在一起？」

十香以充滿活力的語氣，折紙則以驚訝的語氣如此說道。像是企圖矇混過去般，士道的臉上浮現曖昧苦笑，同時往後退了一步。

「不，哎……那個，啊哈哈！老實說，我們迷路了……」

就在此時，總算調整好呼吸，重新穿好上半部泳衣的耶俱矢與夕弦開口說道：

「哦？這不是十香嗎？呵呵……居然趕來主人身邊，真是貼心的傢伙呀。值得褒獎。」

「驚嘆。折紙大師，您怎麼會在這裡？」

這麼說來，聽說耶俱矢與夕弦分別借住在十香與折紙的寢室中。會彼此認識也是正常的……哎呀，不過在一般的朋友之間，並不會出現「主人」與「大師」之類的稱謂，這一點倒是令人有點在意。

「哦哦，耶俱矢也在呀。妳在這裡幹麼？」

「呵呵……現在，我們正打算執行一項惡魔遊戲——打破染上闇夜與深綠的外殼，使其吐出紅色鮮血以及內臟唷。」

「那……那是什麼遊戲呀？聽起來好恐怖唷！」

「解說。耶俱矢的意思是正要開始玩打西瓜的遊戲——」

「……請……等一下。」

夕弦的話才說到一半，背後突然傳來充滿睏意的聲音。

定眼一看，在泳衣外面穿上連帽外套的令音出現在眼前。或許是直射的陽光過於刺眼，令音半瞇起眼睛，將手放在眉頭遮陽，頭部輕輕搖晃著。看起來就像是隨時都會昏倒的貧血患者……哎呀，不過士道知道令音平常就是這副模樣了。

「令音……？」

士道驚訝地皺起眉頭。令音現在應該要透過耳麥，對耶俱矢與夕弦下達指令才對啊。

耶俱矢與夕弦似乎也抱持著相同的疑問，兩人皆用疑惑的眼神看著令音，然後用手觸摸戴在耳朵上的耳麥。

「……抱歉，我忘記準備打西瓜需要的道具了——不過，既然好不容易人數增加了，而且那個地方設置有球場，我們就改玩沙灘排球吧？」

說完後，令音指向靠近海邊的沙灘。

耶俱矢與夕弦先是露出看似驚訝的表情，接著立即理解令音已經改變方針了。

「哼，好吧。不管要玩什麼，最後站上高峰的人一定是本宮。」

「承諾。無所謂。反正獲勝的人將會是夕弦。」

兩人各自說完話之後，便互相看著對方。明明沒有要賽跑，但是兩人卻同時奔跑起來。

「哦哦！」

然後，像是受到影響般，十香也跟著她們一起跑出去。

雖然以半信半疑的眼神望向令音與士道，不過或許是察覺到兩人不會再多加說明的緣故，折紙也往海邊的方向走過去。

令音與士道也邁開步伐，跟隨在後方。

「……所以，令音，妳為什麼突然現身？」

「……啊啊，因為出現十香與折紙這兩個變化因素。所以我決定實施B計畫。如果能調度〈拉塔托斯克〉的特務員，或許還能應付……不過，現在只有我一個人，自然有其極限。」

「B計畫……嗎？」

「……對，這項作戰主要是將你們分在同一隊，藉由一起並肩作戰的方法，提高她們與你之間的團結心與同伴意識。」

「妳說『同一隊』……那兩個人肯乖乖分在同一隊嗎……」

「……哎，我已經安排好了。等著看吧。」

就在兩人對話的時候，士道一行人抵達設置在海邊、設備完善的海灘排球場。

接下來，令音彎下腰，拿起靠在球邊的筒狀物。

「……好了，那麼來分組吧。三人一組。抽籤吧。」

「嗯？」

從十香開始，每個人輪流從對準自己的筒內抽出籤棒。士道在心裡默念「原來如此呀！」並且拍了拍手。為了讓耶俱矢和夕弦能與士道分在同一個隊伍，那個籤一定是被動過手腳了。

「……來吧，小士也要抽。」

「啊，好的。」

依照指示，士道從剩餘的兩根籤棒之中，抽起其中一根。

接下來，看向籤棒前端——「咦？」士道臉上浮現錯愕的表情。

因為上頭沒有任何數字或記號，只有畫著相當具有漫畫風格的男性的臉。

「……那麼，抽中克雷格、傑克森、史賓瑟的人到這邊來；抽中亞歷山大、亞伯拉罕、安東尼的人請到對面的場地。」

「令音，這是誰呀？」

「這是？」

十香與折紙一臉疑惑地將籤棒拿給令音看。

「……啊啊，妳的是克雷格；妳的是史賓瑟。」

接下來，耶俱矢與夕弦也同樣將籤棒拿給令音看。

「……妳們的是亞歷山大與亞伯拉罕呀。請到對面去吧。」

「…………」

瞇起眼睛再次凝視漫畫風格的男性（應該是安東尼吧）臉孔……實在看不出來跟十香她們的有何分別。

A隊……耶俱矢、夕弦、士道。

B隊……十香、折紙、令音。

在六個人當中，就有四個人（耶俱矢、夕弦、十香、折紙）對這樣的組合感到不滿。「獲勝的那組，我就告訴她們小士不為人知的祕密吧。」令音的一句話，宣告比賽正式開始。士道的臉上浮現快要哭出來的表情以示抗議，但是大家對此皆視若無睹。

「好！我要開始了！」

十香以開朗的聲音說完後，從對側場地邊緣發球過來。

不過——

「什……！」

「噗休！」伴隨這個聲音響起，排球輕而易舉地撞破球網，就這樣猶如子彈般往前射過去。

士道在瞬間往旁邊移動。

排球立即刺穿士道剛剛的所在位置。「嘰啊嘰啊嘰啊嘰啊嘰啊！」像匹馬一般在沙灘上狂奔跳躍之後，終於靜止在原地。

「令音！剛剛那樣可以得幾分？」

「……零分。」

「姆，不能追加技術得分嗎？」

「……雖然只是我的推測，但是妳可能把排球跟其他競技項目搞混了。」

看見十香剛剛的攻勢，耶倶矢輕笑出聲。

「呵呵……真是厲害呀。看來本宮也得認真以對了——」

「不，不用太認真。真的不用太認真！」

如果被這種球打到的話，不管有幾條命都不夠用。士道連忙搖頭。

「哼，真是無趣。算了，接下來輪到本宮發球了吧？」

說完後，耶倶矢朝在地面挖了個洞的排球伸出手。

接下來，以意外優雅的姿勢瞄準對方球場發球。

「哦哦，來了！」

「不要妨礙我。」

折紙出聲制止十香的行動，接住發球。

接下來，站在後方的令音做了一個漂亮的托球。此時，擁有驚人質量的令音的胸部不斷上下搖晃，緊緊吸引住士道的目光。

「警告。有危險。」

「啊……！」

被夕弦這麼一說，士道瞪大眼睛。等到回過神來時，以超越球網的氣勢高高跳起來的十香的身影，已經出現在眼前。

「喝啊！」

發出一陣尖銳的吶喊聲，十香用掌心打向排球。從她手上發射出來，猶如子彈般的這波攻擊，往呆立在原地的士道臉頰旁呼嘯而過。

「唔啊！」

「唔，你怎麼在發呆呀，士道！」

「同意。真是礙手礙腳。」

後方傳來耶俱矢與夕弦的聲音。兩人似乎是為了救球所以飛撲到後方。

不過，因為是在同一時間跑到同一個位置，所以兩人在互相撞到對方的頭之後，便跌倒在原地。這個時候，排球在場內落地，接著滾到沙灘上。

「唔啊！妳……妳在做什麼呀，夕弦！」

「反駁。那是我的台詞。請不要妨礙我。」

耶俱矢與夕弦用手按住額頭，互相瞪視。

「……很好，十香。剛剛那球可以得到一分。」

「哦哦！真的嗎！」

相對的，對側球場的氣氛顯得相當熱絡。十香與令音舉起手「啪！」地互相擊掌。折紙原本打算視若無睹，卻被令音抓住手，強迫做出一樣的動作。

不過，耶俱矢與夕弦卻沒有心思留意那些事情，繼續與對方爭論：

「剛剛那一球怎麼看都是我的範圍。是妳越界了！」

「反駁。夕弦是怕遲鈍的耶俱矢會來不及。」

「妳……妳說什麼！」

「迎戰。怎麼樣？」

「喂、喂，妳們兩人冷靜一點……」

就在士道介入兩人之間勸架時，對面球場的令音正在十香與折紙的耳朵旁說悄悄話。

「——哦，原來是這樣呀。」

「……結束之後，請務必實現諾言。」

說完這些話，十香與折紙擺出傲慢態度俯瞰耶俱矢與夕弦。

「哼，什麼嘛。耶俱矢與夕弦也沒什麼了不起嘛！」

「真是失望。這種程度還敢向我挑戰。真是不自量力。」

「……！」

顯而易見的刻意挑撥，但是耶俱矢與夕弦的身體還是抽搐了一下。

然後，令音再次在十香與折紙的耳朵旁竊竊私語。不知為何……總覺得她是在說：「再說得更難聽一點。正式比賽時，大家都是這麼做的。」

「耶俱矢是窩囊廢，夕弦是笨蛋！兩個人合起來就變成大蠢蛋了！」

「妳們這兩個×××。乾脆把×××變成×××好了。失敗者就該是這副德性，Son of a bitch！」

從對側傳來極其幼稚的毀謗，以及極其冷淡的辱罵。

「…………」

面對兩人的煽動，耶俱矢與夕弦靜靜瞇起眼睛。

「……喂，夕弦。」

「回答。什麼事？」

「……幹掉她們吧？」

「同意。幹掉她們吧。」

兩人互相對望了一眼。

接下來的發球員——折紙，相當冷靜地拿著球，以優美的姿勢瞄準球場角落，將球打過來。

「夕弦！」

「回應。知道了。」

夕弦在千鈞一髮之際向前滑行，近乎完美地接住這記發球。

接下來，耶俱矢將球打回對方球場。剛剛的醜態彷彿只是一場夢，耶俱矢與夕弦打出姿勢完美的聯合攻擊。

不過，敵隊也不是省油的燈。折紙將進逼而來的這一球救起後……

「村雨老師。」

「……好，知道了。」

接下來，「咚！」令音輕輕托球。跟剛剛相同的模式。士道努力不去看令音的胸部並且將注意力專注在球場上。此時，十香再次高高跳起……

「哦哦！」

大叫出聲，從高空中打出一記角度陡峭的攻擊。

「士道，阻止她！」

耶俱矢的聲音傳進耳裡。士道慌慌張張地握住雙手，準備接住十香的攻擊。

不過，球沒有打在士道的手上，而是筆直地扎進士道的臉。然後，用力彈跳了一下，高高飛舞於天空中。驚人的衝擊力襲向頭部，讓士道眼冒金星。

「唔啊！」

「耶！球打到士道之後，他就能加入我們這一隊了吧？」

「……不，我沒聽說過有這種規則。」

從敵方球場傳來這樣的對話。原來這就是十香擊出的球，從剛剛開始就一直瞄準士道的理由。

「稱讚。Nice！」

不過，在朦朧意識中，士道聽見了夕弦的聲音。

「準備。耶俱矢。」

「好！」

夕弦單膝跪地，雙手交握手心朝上。接下來，就在助跑過來的耶俱矢用單腳踩上去的同時，夕弦輕輕舉起耶俱矢的身體。

「什……！」

「……！」

從敵方的球場傳來十香與折紙的聲音。下一瞬間——

「——喝啊啊啊啊啊！」

飛舞在高空中的耶俱矢，從上方殺球——這波猶如箭矢般的攻擊直接刺進敵方球場。相當漂亮的一擊。

「很好！同分！看見了嗎？妳們這些傢伙——！」

忘記平時說話的口氣，耶俱矢在空中擺出一個勝利姿勢。

然後，降落到地面之後，極其自然地與夕弦互相擊掌。

「呀——荷！」

「歡喜。呀荷～」

「呀！剛剛真是合作無間呀，夕弦。『咻』一聲快速飛過去唷！『咻！』」

「肯定。漂亮的一擊。不愧是耶俱矢。」

「別這麼說，那是因為夕弦——」

就在此時，兩人回過神來，肩膀晃動了一下，從鼻間哼了一聲之後挪開視線。

「哼……別太得意了，下賤人等。能被本宮踐踏，汝該感到光榮。」

「不悅。手沾到臭味了。好臭。聞起來很像是醃魚干、納豆、瑞典鹽醃鯡魚混合在一起的味

道。」

「才……才沒有那麼臭呢！」

像是突然想起般，兩人又開始吵架了。情況看起來很奇怪。

不過，現在的士道卻沒有仔細觀察異樣的餘裕。「士道！你沒事吧？」在聽見從頭上傳來叫聲的同時，僅存的意識沉入一片黑暗。

◇

「好痛……」

士道一邊撫摸頭上的腫包，一邊緩緩走向設置在海邊的洗手間。

順帶一提，當士道表明自己要去洗手間的時候，有幾個人對他說：「你剛剛還昏迷不醒，現在一個人去洗手間太危險了。我陪你一起去並且幫忙你吧。」但是都被士道以鄭重態度，以及頭幾乎快磕到沙灘上的氣勢一一回絕了。

「……你沒事吧，小士。」

此時，令音的聲音傳進右耳。士道一臉疲憊地露出苦笑，同時開口說道：

「嗯……還撐得下去。妳那邊情況如何？」

「……老實說，還不能斷言。接下來要確認她們兩人的對抗意識會被煽動到——」

令音的話突然中斷了。

「令音？發生什麼事了？」

皺眉提出疑問，不過，士道立即就明白原因何在。

因為就在令音停止說話之後，耶俱矢便立即從洗手間旁邊探出頭來。

「耶俱矢……？妳為什麼會在這裡？妳剛剛不是在那邊跟大家一起等我嗎？」

「呵呵……本宮擁有颶風的加持，那點距離對本宮而言根本不成問題。」

「……哎呀，妳說得沒錯。不過，我想問的是妳出現在這裡的理由……」

就在說話的同時，士道突然恍然大悟。彎下身子大叫出聲：

「我……我不是說了我不需要幫忙嗎！」

「啊……？」

耶俱矢在瞬間愣了一下，然後漲紅了臉。

「什……那只是順應情勢所說的場面話而已！你根本不用當真！」

「是……是嗎……？」

「那是當然的呀！我……我幹麼要幫你……幫你……」

耶俱矢突然低下頭來，說話也變得結結巴巴。

「總……總而言之，我找你是因為有別的事情！」

「哦……哦哦……！」

下意識地點點頭。接下來，士道壓低聲音，朝著耳麥說話：

「令音，這也是妳的安排嗎？」

「……不，我沒有下達任何指示。」

就在士道與令音對話之際，耶俱矢以焦躁的語氣說道：

「等等，不要不理我呀！」

「啊啊，抱歉。」

士道慌慌張張地恢復姿勢，重新面向耶俱矢。不過……這麼說來，士道察覺到一件事。他目不轉睛地看著耶俱矢的臉，同時搔了搔臉頰。

「對了……妳要繼續用那種口氣說話嗎？」

「啊！」

耶俱矢露出一個彷彿在訴說「糟糕了！」的表情。

接下來，難為情地假咳幾聲，擺出一個帥氣的姿勢。

「呵呵……汝被本宮的搞笑演出欺騙了呀。在本宮手中上竄下跳的汝其實更加滑稽呀。」

「…………」

「……汝的眼神是什麼意思？」

耶俱矢撇起嘴唇。士道露出無奈苦笑，同時搔了搔臉頰。

「不……我只是在想妳為什麼要勉強自己用那種口氣說話呢……」

「我沒有勉強自己！這就是我的說話方式！」

「恢復了、恢復了！」

「啊……！」

耶俱矢露出驚訝表情之後，嘆了一口氣，並且輕聲說道：

「……因為……那個原因呀。我，是精靈。像這樣，很厲害吧？既然如此，果然就該建立一些威嚴吧？」

「……是嗎？」

士道皺著眉低聲呢喃。至今已經與幾名精靈相遇，但是並沒有出現那樣的少女。

「那是當然的呀。好不容易擁有如此厲害的身分，以及如同悲劇般的環境唷！當然要配合這些條件扮演適當的角色呀！」

「哎……耶俱矢如果喜歡的話就無所謂。所以？妳找我有什麼事？」

士道如此說道。然後，「啊啊。」耶俱矢點點頭，繼續說道：

「為了避免麻煩，我就用這個說話方式繼續說下去吧。現在，我跟夕弦正在進行一場以你為中心的決鬥對吧？然後，勝負將在明天揭曉。」

「啊啊……對呀。所以，妳……難道……妳不覺得這樣太狡猾了嗎？」

原本以為耶俱矢想要幫自己說情的士道，皺起眉頭。

——不過，耶俱矢卻說出預料之外的台詞。

「——士道。明天——請你選擇夕弦吧。」

「……咦？」

聽見這句出乎意料的話，士道驚訝地瞪大眼睛。

「咦什麼咦啊。」

耶俱矢聳聳肩，繼續說道：

「沒有什麼好煩惱的吧。因為夕弦超可愛的呀。或許生性有些木訥，不過個性溫柔、胸部又大，簡直是男性們夢寐以求的超萌角色呀！而且，如果選擇她的話，你還能獲得各式各樣的服務唷！應該沒有理由不選擇她吧。所以——」

「等……等一下！」

士道一邊整理混亂的頭腦，一邊制止耶俱矢。完全聽不懂她的話。不，雖然理解說話內容，但是，要自己明天選擇夕弦，這句話的意思是——
「耶俱矢，妳……說過獲勝的人將會成為八舞的主人格吧？」
「嗯，有說過唷。」
「……敗者將會被勝者取代，永遠消失不見，對吧？」
「嗯，沒錯～」
「既然如此，妳為什麼——」
士道用力從喉嚨擠出聲音來。然後，耶俱矢搔了搔頭，一臉為難地輕笑出聲。
「嗯……我也不想消失唷。正因如此——我才希望夕弦能活下去。希望她能拓展視野，盡情在這個世間享樂。」
「……妳……」
士道發出痛苦的呻吟聲。但是耶俱矢兀自說道：
「話說回來，如果不是你突然闖進來，事情早在那個時候就能落幕了。在那裡激烈搏鬥之後，我只要說一句『被～打～敗～了～』然後倒地不起。如此一來，事情就能圓滿解決了。」
耶俱矢倏地用手指指向士道，同時如此說道。
士道的表情扭曲。揪心似的，令人厭惡的痛楚在胸口不停打轉。
「那……那麼，妳為什麼要提出能讓我喜歡上的人就能獲得勝利——」

「啊啊，那個呀？那當然是因為夕弦比較可愛的緣故呀。如果以此決勝，毫無疑問的，一定是夕弦能獲得勝利吧？」

「但是，這麼一來……」

正當士道正打算繼續說下去的時候，耶俱矢在一瞬間移動到士道面前，像是要堵住士道的嘴巴般豎起手指。

「我不是在徵求士道的意見。『夕弦比較可愛唷啾啾！Lovely、Lovely夕弦！哈啊哈啊～』你只要在明天說出這句話就可以了……否則，我就將這座島嶼還有你的朋友們全部吹走！」

說話途中，耶俱矢瞇起眼睛，壓低聲音如此說道。

士道嚥了一口口水。耶俱矢只靠幾句話與視線，就讓他一口氣回想起之前所遺忘的精靈的威脅性。

士道緊張到待在原地不敢隨意亂動。然後，耶俱矢的表情突然變得和緩起來，接著往後退了一步。

接下來，她轉了一圈，擺出一個帥氣的姿勢。

「呵呵……那麼告辭了，人類啊。此刻與你訂下血之盟約。若敢違背，其身將會被煉獄之燄給燃燒殆盡！」

說完後，耶俱矢便逕自離去。

士道只能呆呆站在原地。

「……小士。」

過了一會兒，右耳聽見令音的聲音才回過神來，士道的肩膀搖晃了一下。

「令音，剛剛——」

「……啊啊，我聽見了。情況……變得相當棘手。如果剛剛那些話不是她的計謀而是真心話的話……那麼明天，不管我方如何煽動，耶俱矢可能都不會主動親你——為了讓夕弦獲勝。」

「……唔……。」

士道緊握拳頭。

那確實是個大問題。而且事態相當嚴重。

不過，比起那件事……

為了讓夕弦活下去而打算自我了結的耶俱矢的決心——重重地，壓在士道心頭。

不過，無論如何也不能一直站在這裡發呆。士道拖著沉重的步伐開始走動。如果消失太久的話，十香、折紙還有更重要的是夕弦，她們會起疑心——

「制止。士道，請留步。」

「……！」

突然被背後的聲音叫住，士道的肩膀顫抖了一下。

那個聲音毫無疑問是夕弦的聲音。一瞬間，士道還以為是自己幻聽……但是，猜錯了。不知何時出現的夕弦，就站在眼前。

「夕……夕弦……？」

「回答。是的。」

沒有抑揚頓挫的聲音。穩重的舉止。極其冷靜的語氣，夕弦點點頭。

「怎……怎麼了？」

士道額頭冒出汗水，如此問道。然後，夕弦突然看向耶俱矢消失的方向，靜靜開口：

「提問——耶俱矢跟你說了些什麼？」

「……！」

士道屏住呼吸。原本平息的心跳再次劇烈跳動。

「說了什麼……那個……」

就在士道低頭沉思之際，夕弦輕輕聳肩並且嘆了一口氣。

「撤回。不，當夕弦沒問吧。夕弦大概猜得到。」

「是……是嗎……？」

「肯定。大概是——要你明天在做決定的時候選擇她吧。」

「不……那個……」

正當士道打算說話的時候，夕弦舉手制止。
「提問。那個問題不重要，重要的是當時耶俱矢做了什麼？」
「做了什麼……妳的意思是……？」
「舉例。夕弦的意思是耶俱矢有沒有做出抱緊士道用舌頭舔拭後頸、用胸部夾住士道的臉、把手伸進士道的泳褲裡玩弄股間之類的事情呢？」
「才……才沒有！」
聽見預料之外的發言，士道下意識地大叫出聲。夕弦搖了搖頭。
「失望。耶俱矢這樣是不行的。真是太輕忽大意了。如果耶俱矢努力誘惑的話，士道就會變成發情期中的猴子，輕而易舉就能勾引到手。」
「…………」
雖然把話說得很難聽，但是士道卻從夕弦的口氣中察覺到一絲異樣。
因為，夕弦的話聽起來簡直就像是——
「請求。夕弦想拜託士道一件事。」
夕弦出聲打斷士道的思考。
「拜託……？」
聽見這個單字，士道的背脊竄起一股寒意。不自覺地嚥下唾液。喉嚨隱隱作痛，心臟加速跳動。噗通、噗通。血管急速擴張，血液快速流往全身。

不過，相反的，士道的頭腦卻猶如處於酩酊大醉的狀態般模糊一片。不過，在混亂之中，士道還是清晰回想起某件事情——數分鐘前才聽過的那句話。

「肯定。沒錯。」

夕弦用力點頭，臉上浮現些許落寞的神情並且繼續說道：

「請求。士道，這場比賽，請務必選擇耶俱矢。」

「——」

說不出話來。

或許當夕弦現身的時候，士道就已經預料到了。

看見士道的反應，夕弦驚訝地歪著頭。

「提問。士道的反應看起來有點奇怪。」

「不，沒什麼……」

「要求。現在最重要的是，夕弦的請求。明天，絕對要選擇耶俱矢。這是約定。」

「為為為什麼……要這麼做……」

「說明。因為耶俱矢比夕弦優越許多。根本無須煩惱。士道應該也很清楚耶俱矢的可愛之處。雖然有點愛逞強，但是個性直爽、很會照顧他人，而且抱住她那幾乎一碰就會斷的纖細身體時，其快感只能用天國來形容呀。如果選擇耶俱矢，她一定會好好服侍你。請你一定要選擇耶俱矢。」

「但是，如果耶俱矢獲勝的話，夕弦就會——」

士道說完後，夕弦垂下雙眼點點頭。臉上表情似乎在說著士道考慮的事情，自己已經深思熟慮過許多次了。

「耶俱矢才是真正有資格成為八舞的精靈。經過一天的相處，士道你應該也有發現吧？耶俱矢非常有魅力。沒有道理不選擇耶俱矢。」

「但……但是，妳們兩人，競爭得如此激烈……」

「解說。別被耶俱矢的外表騙了，她其實很容易害羞。如果不跟在旁邊搧風點火的話，耶俱矢根本不敢表現自己。」

「……」

士道陷入沉默。然後，夕弦走向士道，在耳邊低聲呢喃：

「確認。明天，請你一定要說『我要選擇耶俱矢』。否則，士道的友人們將會遭遇不幸。」

就連威脅的話都與耶俱矢所說的一模一樣。夕弦留下這句話之後，便離開現場。

◇

「…………」

一直到集合時間才終於從沙子中被挖掘出來，艾蓮滿身泥沙，以雙腿抱膝的姿勢坐在岸邊遠眺大海。

目標已經返回這邊的海岸，並前往更衣室換衣服。剛剛還被埋在沙子裡的艾蓮（用沙子堆砌而成的身體被改良成健美小姐）親眼目睹目標從自己面前經過時捧腹大笑，所以一定不會有錯。

順帶一提，因為早先一步被挖出來的殿町少年彬彬有禮伸出手的舉動觸怒到艾蓮，所以艾蓮將殿町推回到原本掩埋自己的洞穴裡，再次覆蓋上沙子。

「……執行部長大人，那個……」

耳麥傳來接線生的尷尬聲音。

「……沒事的。我不在意。這沒什麼。晚上才是執行任務的最佳時機，也沒發生任何問題，只要在旅行中成功逮住她就好了……」

「說……說得也是……」

不知為何，溫柔接線生的聲音，變得更加難受了。

◇

當天的晚餐，吃起來淡而無味。

並不是旅館的廚師過於注重旅客的健康，也不是士道的味覺出問題。理由相當單純，因為士道滿腦子都在思考其他事情。

他沒有與其他人交談，獨自吃完晚飯之後，在陷入沉思的同時，慢慢行走於旅館的走廊上。

白天，耶俱矢與夕弦在海邊所說的話，仍然在腦中打轉。

——為了讓另一個自己活下去，就必須選擇自我毀滅。

聽見這件事的瞬間，士道完全無法理解她們的想法。

但是，假如……

士道要犧牲性命，自己的妹妹琴里才能活下去的話……

自己一定會——毫不猶豫地點頭答應吧。

不是出自奉獻犧牲那種自我陶醉的動機。

只是單純的，無須多加思考的，篤定的。

判定這個問題沒有其他答案可以選擇。

「——道。」

所以，想讓夕弦存活下來的耶俱矢的心意，以及想讓耶俱矢存活下來的夕弦的心意，士道都相當了解並且深感痛心。

「士道。」

不，不僅如此。應該說——得知耶俱矢與夕弦是如此為對方著想之後，士道其實感到很高興。不過……

「喂，士道！」

「！」

聽見有人在耳邊大聲說話的聲音，士道倏地睜大眼。

「真是的，你終於回過神來了呀，士道。」

說完後，不知何時更換上浴衣的十香「噗！」地鼓起臉頰。

「十……十香……妳什麼時候出現的？」

「我已經走在你身邊很久一段時間了唷。」

士道說完話後，十香目不轉睛地盯著士道的臉。

「嗯……什麼事？」

「沒事。」

十香迅速移開視線，輕輕揚起嘴角，緊握住士道的手。

「士道，可以的話，要不要去外頭逛逛？」

「咦……？」

「好想去看看——夜晚的大海呀。」

說完後，她將士道的手往前拉。

「啊，等……等一下……」

士道慌慌張張地站穩腳步，阻止十香前進。

「不，這樣不好吧。不能隨便跑出去呀。而且老師就快要過來巡視了……」

於是，十香嘟著嘴，嘆了一口氣：

「……抱歉，士道。我稍微說了點謊。」

「咦？」

「就……那個呀。難得的教育旅行，總覺得……幾乎沒有跟你好好說話的機會。所以——我很想要跟士道單獨說說話。」

「……！」

「不行……嗎？」

十香說完後，眼睛由下往上地看向士道。

「……不，沒有……那回事……」

如果世上有遇到這種情形還能說出「不行」的男人，士道倒還真想親眼見識見識。於是，下一瞬間，士道就被笑容滿面的十香拉著走了。

「好！接下來是眾所期待的撲克牌時間——！……咦，奇怪？」

亞衣一邊大叫一邊飛奔進房間內，在環顧房間一圈之後，歪了歪頭。

因為房間裡面，只有麻衣與美衣兩個人的身影。

「咦，十香呢？耶俱矢也不見人影。」

亞衣如此問道。然後，隨意躺臥在地上捲起旅行手冊的麻衣，以及把電燈垂吊下來的繩子當成練習拳擊對象的美衣，同時回過頭來：

「嗯……十香的話，她跟五河在一起唷。進展得很順利嘛！」

「我也看見耶俱矢了唷！她躲在牆壁後頭偷看那兩個人。」

聽見兩人的話，「哦哦……」亞衣輕撫下巴。

「騙人，難道是三角戀情？呀——簡直就像肥皂劇一樣吶！」

亞衣竊笑過後，視線落在手中的撲克牌上。

「不過呀，如此一來人數就不夠了。我本來還想跟大家一起玩大富豪的……」

亞衣縮著肩膀如此說道。於是，兩人哈哈大笑。

「哎呀，那得湊齊五個人吶！」

「要不要去約夕弦她們呢？」

「不，我剛剛就去過她們房間了。夕弦也不在唷。雖然我有看見艾蓮的身影，但是她中途就消失不見了。大家都跑到哪裡去了呀？」

亞衣嘆了一口氣說：「那麼，我們先玩排七吧？」然後開始洗牌。

「——哈啊！哈啊！」

艾蓮緊貼在旅館外面的牆壁上，一邊調整紊亂的氣息一邊深呼吸。

然後偷偷往旅館內部看過去，在確認空無一人之後，才終於鬆了一口氣。

「……剛剛真是危險。」

她低聲自言自語，用手擦去額頭的汗珠。在看見目標——夜刀神十香跟男學生一起走出去之後，艾蓮在心裡暗想「好機會！」並打算追出去的那一瞬間，「艾蓮——！一起玩吧——！」突然從背後傳來天敵的聲音。

即使慌慌張張地逃離現場，但是老實說，心臟直到現在還在噗通噗通跳著。

「哎，總之，無論如何，這是個好機會。」

為了小心起見，艾蓮再次窺探旅館的情形之後，伸手按住耳麥。

「〈阿爾巴爾德〉，你看見了嗎？目標已經離開旅館。開始布局吧。」

「——是。」

「還有……請派出一台〈幻獸．邦德思基〉在這附近待命。」

「可以是可以，但是為什麼？」

「——AST的鳶一上士還在旅館裡。或許是我杞人憂天……不過，萬一發現她有不尋常的舉動，就請你們隨機應變吧。」

「是。」

確認過接線生的回答之後，艾蓮踏進暗夜之中。

◇

夜晚的海邊幾乎沒有任何人影，白天的喧囂如同夢一場，四周鴉雀無聲。

哎，不過士道他們所在的私人海灘，倒是從白天開始就如此安靜了。

士道與十香踏著緩慢的步伐沿著海岸邊的防波堤散步，同時天南地北地聊著天。

「——因為這樣呀，所以昨天晚上一直跟亞衣、麻衣、美衣她們玩枕頭大戰。」

「哈哈……妳們在玩那個啊。」

「嗯。原本是在跟鳶一折紙比賽，獲勝的人才能去照顧士道。不過越玩越興奮，最後兩人都累到睡著了。」

「……這……這樣啊。」

士道露出一個無奈的苦笑。萬一很快就分出勝負，或是其中一方沒有累倒的話，昨天晚上會發生更慘烈的事情也說不定。

話雖如此……該怎麼說呢？明明只是聊著沒有任何意義的話題，士道卻覺得心情輕鬆許多。

稍微前進幾步之後，十香突然回過頭來。

「所以——士道，到底發生什麼事了？」

聽見這句話，士道的心臟劇烈跳動了一下。

「……什……什麼發生什麼……？」

「不，雖然無法具體解釋……但是，應該發生什麼事情了吧？」

「為……為什麼妳會這麼想……？」

聽見士道的問題，「嗯……」十香用食指抵住下巴。

「總覺得，士道正在煩惱著什麼吶。對了——呃，就是和那個時候，遇見狂三時的反應相當類似。」

十香邊輕輕點頭一邊如此說道。士道睜大眼睛。

時崎狂三。依據自我意識而殺害人類的邪惡精靈。

上個月，知道那名少女本性的士道，深深遭受現實的打擊——然後，是十香的一番話拯救了自己。

「不，如果沒事的話那就再好不過了。可能是我想太多了吧？」

「…………」

聽見十香的話，士道大大嘆了一口氣。

「十香，難道妳是因為這個緣故，所以才帶我來這裡的嗎？」

「姆……哎，那個……該怎麼說呢……不對，我是真的想跟士道說說話唷。」

十香臉頰微微泛紅，如此說道。這個反應真是可愛到令人受不了——值得慶幸的，士道的表情不自覺地漸漸放鬆。

「……吶，十香。我能跟妳說件事情嗎？」

「姆？嗯，不管你說什麼我都聽唷。」

十香點點頭。士道也在點頭之後，開始慢慢敘述：

「耶俱矢與夕弦不是出現在這裡嗎？雖然令人難以置信，但是事實上，她們是——」

在盡量把藉由魅力分勝負之類的事情說得含糊不清的情況下，士道開始說明她們兩人的精靈

身分、彼此會互相爭鬥，以及……敗者將會失去性命的事情。

原本頻頻點頭的十香，立即露出目瞪口呆的表情。

「居然……有這種事？」

「沒錯。因此——現在才要講到重點。事實上……今天早上，耶俱矢對我說了『請你選擇夕弦』這種話。」

「什麼……？怎麼可能？這麼做的話，耶俱矢會——」

話說到一半，十香輕輕搖頭。

「不對……原來如此。要是有人告訴我，我如果不死的話，士道就會喪失性命……我或許也會做出一樣的事。」

「十香……」

聽見士道的聲音，十香突然回過神來，肩膀顫抖了一下。

「姆，沒……沒事！繼續說吧！」

「啊，好……」

士道搔了搔臉頰，繼續說道：

「然後……啊，其實在那之後，夕弦立即對我說了同樣的話——『請你選擇耶俱矢吧』。」

十香瞪大了雙眼。

「什麼……所以，耶俱矢與夕弦她們……」

「是啊……她們彼此都希望對方能夠存活下來。即使自己會消失不見，耶俱矢還是希望夕弦能活下來，而夕弦則希望耶俱矢能存活下來。因此——該怎麼說？我完全不知道該怎麼辦才好。」

士道說完後，十香「嗯」地低聲沉吟，陷入沉默。

接下來的時間，十香皺起眉頭，一臉為難地沉思苦想。

經過數秒之後，十香露出一個奇妙的表情開口說道：

「吶……士道。我在想呀——」

於是——就在這一瞬間。前方傳來腳踏在地面上的聲音，士道因此抬起頭來。

接下來，在看見身穿浴衣的少女身影時，他的身影僵硬在原地。

——沒錯。站在眼前的人，正是八舞耶俱矢。

「耶……耶俱矢……！妳為什麼會在這裡……」

「你剛剛……說什麼？」

耶俱矢沒有回答問題，發出平靜——卻帶著憤怒的聲音。

「夕弦希望……我活下來？啊……？這是什麼意思？你在說什麼？」

喃喃自語的同時，耶俱矢咬緊牙齒，握起拳頭。接下來，像是在配合耶俱矢的舉動，周圍颳起冰冷強風。

「耶俱矢，冷靜——」

被焦躁緊緊勒住心臟的士道如此說道。不過，耶俱矢卻置若罔聞。將力道注入拳頭，全身不斷微微顫抖。

然後——緊接著……

「……！夕弦……！」

聽見背後傳來腳步聲的士道回過頭，看見與耶俱矢一樣低著頭的夕弦的身影。

「要求——複述。耶俱矢……要你選擇夕弦？」

「夕弦，聽我解——」

「開什麼玩笑……！」

瞬間，兩人喊出近似怒吼的聲音，同時從身邊散發出強烈風壓。

「嗚啊……！」

「嗚——！」

待在兩人身邊的士道與十香，以背部著地的姿勢，被這陣突然颳起的大風吹倒在地。兩人努力抓住附近的防波堤站起身，將視線投到兩人身上。

驚人的風之洪流圍繞在耶俱矢與夕弦身上，她們穿在身上的衣服也漸漸變化成光之粒子。

取而代之的是緊縛全身的拘束衣，脖子與手腳被銬上枷鎖。

——靈裝。守護精靈的絕對盔甲。

而且，不僅如此……

耶俱矢的右手以及夕弦的左手，各自向前舉起。

然後，耶俱矢的右肩出現無機質感的羽翼。接著以肩膀為起點，在右手臂上建構出擁有金屬光澤的手部護甲——最後她的手上，出現一把超越其身高的巨大長矛。

「〈颶風騎士〉——【穿刺者】！」

幾乎在同一時間，夕弦的左肩也出現無機羽翼。接下來，左手臂被盔甲覆蓋，她的手中握住一把前端呈現菱形刀刃的繩狀物。外型看起來很像是探測用的靈擺。

「呼應。〈颶風騎士〉——【束縛者】！」

耶俱矢手裡握住長矛；夕弦則讓靈擺前端的刀刃部分飄浮在空中。

士道刷白了臉。

兩人剛剛顯現出來的，毫無疑問的，就是她們的「天使」。精靈引以自豪的最強武器。

一瞬間，各式各樣的想法在腦海中奔馳。

「開什麼玩笑」。兩人所說的這句話的意思，是衝著不該洩漏兩人祕密的士道而來——抑或是衝著不該與士道獨處說話的十香而來？

不過，這兩者似乎都不是正確答案。

以刺人的銳利視線，耶俱矢瞪著夕弦，夕弦瞪著耶俱矢。兩人氣憤地開口說道：

「……別玩開笑了，夕弦。妳居然要士道選擇我？」

「反駁。我才想問耶俱矢想做什麼呢？夕弦不記得有拜託耶俱矢做這種事。」

伴隨著這些話，在身邊打轉的風勢變得更強了。

「——不行吶。果然不行。本來以為這個決鬥方法能和平分出勝負，但是我卻忘了將妳的愚蠢計算在內。」

「同意。夕弦已經對耶俱矢的愚蠢失去耐性——結果，最後事情還是演變至此。想要依賴他人之手終結起源於兩人的爭鬥，這種行為真是太自私自利了！」

說完後，兩人分別握緊長矛以及靈擺。

「是呀。果然，最後還是得靠我們自己分出勝負吶。剛好，因為我現在正處於一生中最憤怒的狀態之中呀！」

「應戰。夕弦也是對於耶俱矢的思慮不周感到相當生氣。」

「——決鬥方法是……」

「當然。夕弦相當清楚。」

耶俱矢與夕弦再次同時開口說道：

「——先倒下的那一方，獲勝。」

這代表著……

這將會是一場直到其中一方倒下才會結束的——決鬥。

「住手——」

不再理會士道的制止聲，兩人伴隨著驚人風壓展開激戰。

◇

突然，轟轟轟——聽起來像是地鳴聲般的風聲響徹戶外，緊接著旅館的外牆開始發出吱嘎聲響。

待在旅館內的學生們反應不盡相同。有人打開電視收看氣象報告、有人害怕暴風雨所以迅速蓋上棉被、有人慶幸還好暴風雨不是發生在白天，因此開心大笑。

不過，理所當然的，沒有人會想要特地走到颳起強風的旅館外頭。

——除了一個人之外，那就是鳶一折紙。

「…………」

她不發一語地穿上鞋子，將手搭在旅館大門的手把上。

理由很簡單。因為剛剛在尋找士道身影的時候，折紙從與十香同寢室的亞衣那裡得知一個情報——那就是亞衣看見十香帶著士道離開旅館了。

折紙的動作非常快速。將邀約自己一起玩撲克牌的亞衣的手撥開，一路奔跑到旅館出入口。半途中，還被珠惠出聲提醒：「不可以在走廊上奔跑唷！」不過，這種程度的暴風雨根本無法嚇阻折紙的腳步。

雖然不喜歡士道與十香兩人單獨外出，但是更重要的是，在這種暴風雨中，待在臨海的旅館戶外是一件相當危險的事。所以折紙必須儘快將士道帶回來才行。

風勢確實很強勁，但是還不到無法走動的地步。正當折紙走向戶外的時候——

「……！」

她察覺到背後的動靜，猛然往後退一大步。

瞬間，折紙剛剛所在的地方，「喀鏘！」響起一陣金屬聲響。

「什……」

折紙看見出現在那裡的東西之後，微微皺起眉頭。

外表是人形的東西，以拳頭捶進地面的姿勢站立在原地。

一瞬間，折紙還以為對方是AST成員。實際上，對方身上裝備著與AST正式採用裝備相當類似的CR-Unit，而且也能感受到在近距離展開隨意領域所引發的輕微頭痛。所以折紙判斷對方應該有發動顯現裝置。

不過——折紙猜錯了。很明顯的，眼前穿著CR-Unit的東西並不是人類。

看不出來具有生命跡象的無機外殼。只著重效率而設計出來的扭曲手腳。

與其形容它是一般的機器人或是人偶之類的東西，不如說那是擁有人類外型的機器。

「這到底是……？」

折紙從喉嚨硬擠出聲音。只有人類腦波才能操控顯現裝置才對。但是人型機器人居然能展開隨意領域——

「嗚……」

思緒在途中被打斷。因為機械人正朝著折紙的方向跳過來。

她在千鈞一髮之際躲開對方，盡可能拉開彼此的距離。

「你到底是誰？」

折紙抱著最後的希望出聲詢問，但機器人果然沒有回答她的問題。沒有做出任何反應，只是不斷發動攻擊。

「…………！」

在折紙以一線之隔距離避開那些攻擊的同時，感受到一股奇妙的感覺。

單從外表來看，機器人裝備有雷射光劍與槍等基本武器。但不知什麼緣故，機器人似乎不打算拔出武器攻擊折紙，只是不斷地用赤手空拳毆打她。

簡直就像是，打算毫髮無傷地逮捕折紙似的——更像是不想讓折紙繼續前進，而出手阻礙一般。

「……嘖，別擋路——」

折紙退往後方，氣憤地如此說道。在這段時間內，危機正步步逼近士道呀！

然後——就在這個時候……

「……鳶一折紙，妳在做什麼？外頭很危險，快點回到旅館裡。」

可能是有人通報折紙離開旅館的事情，從折紙來時的道路上，傳來村雨令音老師充滿睏意的聲音。

「——！老師，快回去——」

不過，折紙的話還沒說完，原本與折紙對峙的機器人就已經轉過頭，往令音的方向看去。

「……嗯？你是誰？抱歉，我的學生……」

原本朝著機器人說話的令音，突然停止說話。直到此時，令音才察覺到自己出聲搭話的對象並不是人類。

不過，為時已晚。機器人狙擊的目標從折紙轉變成令音，挾帶著驚人氣勢，揮舞如同圓木般的右手，朝令音直衝而來。

「嗚——」

折紙呼出一口氣，用腳猛地踏向地面，把令音撞到旁邊去。

然後，下一瞬間……

「咕——啊……」

腹部承受機器人的重擊，折紙輕而易舉地被擊向後方。

側腹部產生劇烈疼痛，呼吸困難。意識變得朦朧，視線漸漸模糊。

「老師……快……逃……」

在看見映照在視線內的令音後方有人影漸漸逼近的同時，折紙的意識也墜入了黑暗之中。

◇

「——！副司令，或美島北部的海岸一帶，發生強烈暴風！」

飄浮在或美島上空的〈佛拉克西納斯〉艦橋裡，警鈴聲大響。與此同時，〈保護觀察處分〉箕輪大叫出聲。

「發生……暴風？」

站立在艦長席隔壁的神無月驚訝地撫摸下巴。所謂的風，其實就是空氣的流動。正常來說，通常不會以某個地方為起點而突然發生。

「有來自村雨分析官的聯絡嗎？」

「沒有！」

神無月低聲呢喃。如果發生問題，她應該會主動聯絡〈佛拉克西納斯〉才對。

「嘗試從這裡主動開啟回線。如果沒有異狀的話，就不用理會那場暴風。」

「是！」

不過，開始操控中央控制台的船員，立即發出驚訝的聲音：

「無法……聯繫。恐怕是有人在干擾通訊！」

「嗯？」

神無月的眉毛抽動了一下。居然有辦法讓我方在嘗試主動聯繫之前，完全沒察覺到干擾訊號的存在。這到底是——

不過，神無月迅速地做出判斷。幾秒之後，便向船員下達指令。

「沒辦法了。雖然有點危險，不過直接派遣聯絡人員到現場吧。高度降到一千公尺之後，將人員傳送到或美島北區，藉由展開〈世界樹之葉〉進行通訊。屆時請確認村雨分析官、士道，以及十香的安危。」

「——了解！」

對神無月的指令做出回應後，船員們開始操作控制台。

接下來，低沉的馬達聲響遍艦橋，身體感受到像是乘坐電梯般的輕微飄浮感。

數分鐘之內，〈佛拉克西納斯〉便從或美島上空一萬五千公尺高度降到一千公尺處。

「抵達目標座標。沒有偵測到恒性隨意領域的反應。」

〈佛拉克西納斯〉搭載了八台控制型顯現裝置、十台大型基礎顯現裝置，船艦本體周圍隨時都有隨意領域常駐。

然後，周圍的隨意領域可以操作可視光線，讓巨大的〈佛拉克西納斯〉變成隱形狀態。再者，當飛機或小鳥接觸到隨意領域的瞬間，為了避免直接衝撞，船艦也會自動迴避。

不過，當位於船艦本體下方的傳送裝置在傳送人員與器材到地上時，或是展開裝備於船艦本體後方的獨立Unit——〈世界樹之葉〉之際，這個隱形迷彩的功能就會消失幾秒鐘的時間。

因此，如果在低空處將〈世界樹之葉〉當成中繼點進行通訊，就必須仔細檢查附近是否有其他飛機、〈佛拉克西納斯〉是否會被其他飛機的雷達察覺。

「很好。那麼，展開〈世界樹之葉〉。」

「是。」

在神無月下達指令的同時，包覆在〈佛拉克西納斯〉周圍的隱形牆壁漸漸消失。

同或美島上空一千公尺處。

船員的叫聲，響徹ＤＥＭ五百公尺等級空中艦艇〈阿爾巴爾德〉艦橋。

「——！艦長，雷達出現反應！」

「飛機嗎？」

「不……這是，空中艦艇！」

「……什麼？」

坐在艦長席上的派汀頓驚訝地皺起眉頭。與此同時，主螢幕上播放出天空中的畫面。

那不是飛機，而是貨真價實的空中艦艇。呈現銳利外型的船艦本體後方伸出幾塊宛如放熱板的物件，看起來簡直就像是一棵巨大樹木。

「到底從哪裡出現？」

「那個反應是突然出現的。恐怕是——使用了隱形迷彩。」

「什麼？識別信號呢？」

「不詳。搜尋不到符合由ＤＥＭ公司製造的船艦機種。」

派汀頓露出不悅的神情，輕撫鬍子。

「搭配有隱形迷彩的空中艦艇……？怎麼可能？直到最近，DEM Industry公司才成功開發出使用隨意領域創造出隱形迷彩的技術啊。」

沒錯。隱形迷彩應該是運用ＤＥＭ公司開發出來的新型顯現裝置〈阿休克羅夫特〉的β系列，所初次實現的最新技術。搭載這項新技術的艦艇，包含這艘〈阿爾巴爾德〉在內，總共只有三艘而已。

就在此時，播放在螢幕上的艦艇卸下看似放熱板的物件，獨立飄浮在天空中。

下一瞬間，那艘完成任務的艦艇再次在天空中消失蹤影。

「反應……消失了！」

一直監視雷達的船員大叫出聲。

毫無疑問的，那艘來路不明的艦艇上搭載有隱形迷彩機能。親眼目睹這番景象的派汀頓，確認那艘艦艇確實擁有那項機能。

不過，怎麼會有這種艦艇的存在呢──

「……難道……！」

派汀頓倏地睜大眼睛。這麼說來，以前曾經耳聞過──除了ＤＥＭ公司之外，唯一擁有顯現裝置的組織名稱。

「──〈拉塔托斯克機構〉。」

派汀頓說出這個名字的時候，待在艦橋的船員們紛紛倒吸一口氣。

只要是隸屬於DEM第二執行部——DEM公司所擁有的祕密執行部隊的成員，幾乎都聽過這個名稱。

沒錯。就連派汀頓本人，也聽說過那個組織的存在——而且是那位艾薩克．威斯考特親口告訴自己。

他說，有個組織擁有比DEM更加先進的技術。

他說，那是個主張以和平手段解決空間震問題的瘋狂集團。

他說——那個組織是DEM的敵人。

「一旦發現其蹤影，就要立即——殲滅。」

派汀頓說出這句話之後，立即笑出聲。

「原來如此，我的運氣真好。」

他當場站起來，向船員下達指令：

「準備主砲！將〈阿休克羅夫特-β〉一〇號機到二〇號機切換成魔力生成狀態！目標——已經消失的所屬不明艦艇！」

「呃，艦長……最好先請示過執行部長再——」

其中一名船員將臉皺成不安的表情，同時如此說道。派汀頓煩躁地嘖了一聲。難道他的意思是比起派汀頓，那名年幼小女生所說的話更有份量嗎？

「不用！執行部長大人的任務，只要有〈幻獸・邦德思基〉部隊就足夠了。只要確保這件事情，其他人就不會有任何異議了吧！」

「遵……遵命……」

被派汀頓的語氣所震懾，船員開始操作控制台。

於是艦橋中響起低沉的馬達聲，〈阿爾巴爾德〉改變航向。

「主砲，魔力填充完畢！」

「目標，來路不明艦艇所消失的空域！」

「解除隱形迷彩！將隨意領域屬性變更為對抗衝擊！」

確認船員們的口號之後，派汀頓用手指向螢幕，低聲呢喃：

「——發射。」

在如同地鳴般的聲音響起的同時，〈佛拉克西納斯〉的艦橋像是發生地震似地激烈搖晃。螢幕上不斷閃過雜訊，宣告緊急狀態的刺耳警鈴聲大肆作響。

雷達畫面突然產生反應，播放外部影像的螢幕也出現了一艘巨大機體。

「……！」

〈佛拉克西納斯〉船員——椎崎雛子下意識地用雙手摀住頭。因為這波從未體驗過的衝擊力，讓椎崎的腦袋在瞬間變得一片混亂。

不過，這也沒有辦法。事實上，留在艦橋上的部分船員，都做出與雛子相似的反應。

的確，為了小心起見，〈佛拉克西納斯〉裝備有戰鬥用兵器。在加入〈拉塔托斯克〉時，也被告知可能會發生這種衝突，並且接受過戰鬥訓練。

不過——至少雛子本人在這之前，都沒有過實際戰鬥的經驗。

「——左舷隨意領域，縮小百分之二十！」

「基礎顯現裝置AR-008三號機的輸出功率開始下降！」

「機體輕微損傷！但是，這到底是——」

艦橋裡的船員們驚叫聲四起。

「剛……剛剛那是……！」

雛子以尖銳聲音如此說道。然後，站在艦長席旁邊的神無月用手輕撫下巴低聲嘟囔。儘管搖晃得如此厲害，但是他的姿勢卻完全沒有改變。

「嗯，似乎是遭受攻擊了呀。雖然離我們很近但是卻無法偵測到敵機反應……這代表敵機也展開了隱形迷彩。真奇怪吶。以技術層面來說，應該只有〈亞斯格特〉公司能製造出這種顯現裝置才對……」

「偵測到熱源反應！第二波攻擊，來襲！」

「哎呀——解除隱形迷彩與自動迴避。將基礎顯現裝置的所有生成魔力全部用來展開防禦性隨意領域。」

「遵……遵命！」

船員大聲說話的同時，展開在〈佛拉克西納斯〉周圍的隨意領域屬性，從隱形迷彩變化成防禦性隨意領域。

瞬間，強烈震動再次侵襲艦橋。

「嗚——都展開防禦性結界了，居然還有這麼大的威力……！」

坐在艦橋下方的川越，皺著臉低聲呢喃。他說得沒錯，這樣的衝擊力幾乎讓人無法相信已經將分割給迷彩效果的魔力全數切換成防禦性結界了。

「膽敢做出如此直接的攻擊，對方似乎對於艦艇的性能相當有自信吶。嗯嗯……真好吶，真是令人陶醉吶。啊啊，再更激烈一點吧！」

不過，神無月卻以毫無緊張感的語氣說話，同時抱著肩膀扭轉身體。

「…………」

……這個人果然不行。雛子半瞇起眼睛，接著操作手邊的控制台。

再這樣下去，艦艇一定會墜毀。開啟祕密線路，進行緊急通話。

隔沒多久，畫面上播放出五河琴里司令的身影。

「……椎崎？怎麼了？怎麼突然使用祕密線路？到底發生什麼事了？」

「發生緊急事態了！拜託您，司令，請您重執指揮權……」

雛子以激烈語氣如此說道。然後，琴里臉色一沉。

「難道，神無月又選擇了奇怪的選項，惹得十香不高興了？」

「不是，比那更嚴重。再這樣下去……」

「所以呀，到底發生什麼事了嘛？……呃，難不成神無月直接混進教育旅行的地點，在士道與十香面前大跳脫衣舞——！」

表現出驚恐模樣的琴里如此說道。雛子搖了搖頭。

「不是的，是遭遇到敵人了……！突然出現一艘來路不明的空中艦艇，朝我們發動攻擊！再這樣下去，〈佛拉克西納斯〉會……」

雛子拚了命地訴說這一切。這也難怪。畢竟這件事情與自己的性命息息相關呀。

不過，在聽見雛子所說的話的那一瞬間，琴里像是突然失去興趣一般瞇起眼睛。

「什麼嘛……原來是這種小事呀。」

說完後，嘆了一口氣。

「我還以為那個笨蛋一定又做了什麼蠢事。不要嚇我嘛！」

「您……您說那是小事——那可是攸關船艦存亡的大事情耶……」
雛子大叫出聲。於是，琴里舉起手制止雛子的發言。
「沒事的，妳不用擔心。」
「為……為什麼您還能如此鎮定……」
雛子懷抱著絕望的心境如此說道。然後，琴里聳了聳肩並且開口：
「——因為，現在你們那裡……有神無月在呀！」

第五章　裂風之光

隔開或美島北街區與南部地區的森林，正漸漸被暴力強風夷為平地。

伴隨夏季來臨而生長得青翠繁盛的枝葉，被胡亂切碎且四處紛飛，猶如被丟入果汁機一般，不斷朝向天空旋轉飛升。細弱的樹木被連根拔起，如同子彈般彈射到周圍。

這簡直就像是暴虐狂戰士在行進中的情景。將眼前的物品全部扭斷，把毫無理智的暴力具體呈現。

不過誰能猜想得到呢？

——這場突如其來的暴風，居然是兩名少女的劇烈爭吵所引起。

「——我從以前就這麼懷疑了！妳打算一個人悶不吭聲地解決問題吧！」

耶俱矢大聲吼叫的同時，將巨大長矛往前舉起，長矛的前端部分如同電鑽般高速迴轉，產生強烈的龍捲風。

像是要用龍捲風將敵人碎屍萬斷般，耶俱矢舉起長矛揮向夕弦。

「反駁。以禮籤與緞帶繁複包裝過，然後將那些話退還給耶俱矢……！」

即使破壞力強大的暴風圈逐漸逼向自己，夕弦還是相當冷靜地做出回應，然後用左手做出複雜動作。

接下來，夕弦握在手上的靈擺突然像是擁有自我意識般開始蠕動，在夕弦前方組合成看似方陣的形狀。在輕而易舉地防禦耶俱矢所引起的龍捲風攻擊之後，再次恢復成原本的繩狀，捲成螺旋狀圍繞在夕弦身體四周。

「妳的心地太善良了唷！我好不容易要將主人格的寶座讓給妳，妳只要乖乖接受就好了！」

「拒絕。夕弦從一開始就不打算成為主人格。」

「……！妳知不知道在以往的比賽中，我為了不留痕跡地輸給妳，花了多大的苦心！」

「反駁。夕弦也是如此。努力想要輸掉比賽，但是耶俱矢卻偏偏不攻過來。這種讓夕弦感到無比焦躁的事情已經發生過太多次了。」

「八舞是能將萬物攔腰斬斷的颶風之主。能與之匹配的人選，就只有妳一個人呀！」

「否定。不對。耶俱矢才是真正有資格獲得八舞之名的人選。」

「嘖！妳明明飛得比我還快！」

「耶俱矢的力量比較強。」

「妳的身材明明比我好！」

「耶俱矢的肌膚比較漂亮。」

「妳明明比我可愛！」

「反駁。只有這一點夕弦是絕對不會讓步的。比起夕弦，絕對是耶俱矢比較可愛。」

兩人說著聽起來像是吵架又不像是吵架的話。同一時間，耶俱矢高速回轉的長矛，以及編織成如劍一般形狀的夕弦的繩子也不斷互相撞擊。雙方威力旗鼓相當。撞擊的瞬間，周圍掀起的狂風，往士道直撲而來。

「嗚……！」

士道彎低身體扶住十香，努力抵抗這陣風勢。

若不是這具身體擁有精靈力量的守護，現在的士道恐怕已經被這陣風吹走了吧。對於這項假設，士道深信不疑。因為兩人的戰鬥——正確來說，是她們所引發的間接傷害真的非常嚴重。

兩人的天使每撞擊一次，周圍就會遍布陣陣強風，將四周的東西連根拔起。

不過，士道像是要驅趕這想法似地搖了搖頭，瞇起眼睛凝視兩人，同時努力逆風撐起身體。

「為什麼……」

耶俱矢希望夕弦能活下去；夕弦希望耶俱矢能活下去。

兩人都互相為彼此著想。

如此——為對方處境著想，即使犧牲自己的性命也在所不惜。

但是，為什麼……

「為什麼——事情會變成這樣啊……！」

士道以幾乎要叫破喉嚨的音量大聲吼叫。

「住手！妳們兩個！妳們不是最喜歡對方了嗎！」

大叫出聲，但是兩人都沒有反應。

不知是士道的聲音被風聲掩蓋，還是因為彼此正忙著攻擊與防守所以沒有聽見，抑或是——不願理睬士道的緣故。無法判斷箇中原因，唯一能確定的是——耶俱矢與夕弦依舊在激烈打鬥。

「嗚……！」

無能為力。士道用手蓋住臉，緊咬牙齒。

然後——

「士道！小心！有人來了！」

十香的聲音從旁邊傳過來，士道的肩膀顫抖了一下。

接下來，環顧四周——皺起眉頭。

「什……」

就在士道用視線追隨耶俱矢與夕弦的數秒間……

約十名人影並排站在一起，將士道與十香包圍起來。

不——不對。雖然身體連接著頭部與手腳，但是它的形狀明顯與人類不同。

與全罩式安全帽相似的圓滑頭部連接著纖細身體。腳部擁有與人類相異的逆向關節，此時正穩穩地踏在地面上。相對的，手臂部分則是異常粗壯。整體給人比例不協調的印象。

那些部位，全部都是由打磨成鏡面般光滑的金屬裝甲所構成。

然後，身體各個部位都裝備著看似CR-Unit的零件。

「這……這些傢伙……是什麼東西啊！」

看見那群人偶微微駝著背逐步逼近，感受到莫名恐懼的士道壓低聲音如此說道。

「它們是DD-007〈幻獸・邦德思基〉……就算這麼告訴你，你應該也不明白吧？」

接下來，像是在呼應士道的哀號聲般，一名少女從人偶的陰影處走了出來。

——她是隨行攝影師——艾蓮・梅瑟斯。

「艾蓮……？」

「姆，妳是……」

十香與士道同時出聲說道。然後，艾蓮用力點點頭。

「妳終於來到人煙稀少的地方了，十香。雖說還是有一名閒雜人等——但勉強還能接受。」

說完後，艾蓮瞄了士道一眼，像是毫無興趣般地哼了一聲。

「不過，我真是嚇了一跳。沒想到那兩個人會是精靈——而且，居然還是優先目標〈狂戰士〉。若是作為嚐盡苦頭的代價來說，未免也太划算了呀。」

「什……」

士道下意識皺起眉頭。剛剛，這名少女稱呼耶俱矢與夕弦為〈狂戰士〉。

「妳……到底是誰？難道是ＡＳＴ……？」

「哦……？」

士道氣憤地大叫出聲。此時終於對士道提起興趣的艾蓮挑了挑眉。

「你知道陸自的對抗精靈部隊呀？不過，很可惜，你猜錯了。」

說完後，女人舉起手。然後，配合她的舉動，被稱呼為〈幻獸．邦德思基〉的人偶們不約而同地蹲下來，接著瞄準士道與十香的方向飛撲過去。

「嗚——」

士道在瞬間不自覺地屏住呼吸，接著閉起眼睛。

不過，經過數秒之後，身體卻沒有承受任何衝擊。

感到疑惑的士道緩緩睜開眼睛，看見了……

「姆……沒事吧，士道？」

在浴衣周圍顯現出限定靈裝，手上握著閃閃發光長劍——〈鏖殺公(Sandalphon)〉的十香的身影。看來，

在〈幻獸．邦德思基〉飛撲過來的瞬間，十香解除部分靈力，並使用〈鏖殺公〉化解了這波攻

擊。

或許是因為看見十香姿態的緣故，艾蓮有點興奮地睜大眼睛。

「──〈公主〉。果然是妳呀！」

「居然連十香的識別名都知道……」

士道眉頭緊鎖。必須趕快阻止耶俱矢與夕弦，但是現在居然突然出現身分不明的敵人……

不過，完全不在乎士道想法的艾蓮，朝著十香伸出手來並且釋出善意。

「十香。請跟我走吧。我答應妳會給予妳最高規格的待遇。」

「──別開玩笑了！」

十香用尖銳的吶喊聲說完這句話之後，將〈鏖殺公〉的刀鋒瞄準艾蓮。

「喂、喂，十香，再怎麼樣也不能拿〈鏖殺公〉來對付手無寸鐵的人類──」

「不對。」

「咦……？」

聽見士道提出的反問，十香臉上浮現充滿緊張感的表情，一邊瞪著艾蓮一邊繼續說道：

「像這樣面對面，我才初次發現到一件事情──那名女人身上，散發出相當令人厭惡的感覺。沒錯……很像是將ＡＳＴ的氣味濃縮至極限的感覺。」

然後，配合十香的話，艾蓮的嘴角初次浮現看似笑容的表情。

「真是有趣的形容呀。」

說話的同時，像是要挑釁十香似地，艾蓮從容不迫地攤開雙手。

接下來，同一時間，艾蓮的身體被淡淡光輝包覆住，轉眼間，她的身上便已經穿上接線套裝與CR-Unit。

與AST款式不同的接線套裝，以及包覆身體各處，簡直可以用機械盔甲來形容的零件。然後，裝在背上的巨大劍型裝備，相當引人注目。

「什……！」

「──〈幻獸．邦德思基〉小隊，暫時先不要出手。讓我來試試大名鼎鼎的〈公主〉究竟有何能耐。」

艾蓮說完後，用右手拔出裝備在背後的劍柄，在刀身部位顯現出光刃。

接下來，像是在邀請十香一般，艾蓮將左手手指彎曲起來。

「別小看我……！」

十香大叫出聲，踏了一下地板朝艾蓮直衝而去。同時，把〈鏖殺公〉高高舉起，用迅雷不及掩耳的速度砍向艾蓮的頭頂。

不過──艾蓮卻用單手握住劍身，輕而易舉地接住這一擊。

「哎呀，只有這種程度嗎？」

「嗚……！」

發出懊惱的聲音之後，十香接連不斷地揮舞〈鏖殺公〉。

不過，這些攻擊全都被擋下來，艾蓮的Unit連一點傷痕都沒有。

「喝啊！」

「…………」

擋下幾次劍擊之後，艾蓮輕輕嘆了一口氣。

「……妳的能力就只有這樣而已嗎，〈公主〉？」

「妳——妳說什麼？」

「虧我還特地穿上〈潘德拉剛(Pendragon)〉前來應戰——看來是多此一舉吶。真是令人失望。結束吧。」

說完後，艾蓮舉起巨大的雷射光劍砍向十香。

「嗚——」

十香握緊〈鏖殺公〉打算擋下這一擊。但是——

「咦……？」

下一瞬間，士道與十香同時發出錯愕的聲音。

不過，他們會有這種反應也是正常的。因為，在承受艾蓮劍擊的那一瞬間，十香握在手裡的

〈鏖殺公〉刀身，居然輕易地破碎了。

十香發出簡短的悶哼聲。下一瞬間，艾蓮的攻擊輕輕鬆鬆地將十香嬌小的身軀撞飛到後方。

「什……麼——」

「嗚啊……！」

十香的身體在地面滾了幾圈之後，便以趴倒的姿勢倒臥在地上。緊接著，被打碎並且彈飛的〈鏖殺公〉立即化為光粒，消失在空氣中。

「十……十香！」

士道大叫出聲後，打算跑到十香身邊。但是——在前進方向上，卻出現兩隻〈幻獸・邦德思基〉阻撓士道的行動。倒臥在地的十香周圍，也有幾隻〈幻獸・邦德思基〉開始群聚在她身邊。

「真是掃興。還是趕快讓妳昏倒然後搬回〈阿爾巴爾德〉吧。」

說完後，艾蓮彈了一個響指。穿在她身上的盔甲立即在一瞬間消失。

然後，像是連十香都引不起她興趣似地，艾蓮轉過臉抱起雙臂。

不過，危機仍舊沒有解除。趴倒在地上動彈不得的十香，被左右兩台〈幻獸・邦德思基〉抓住雙手，抬起身體。接下來，另一台人偶走到全身無力的十香面前，朝著她的額頭伸出長有爪子的手。

「嗚——啊……——」

十香發出痛苦的聲音並且扭動身體。

「十香！你這傢伙在做什麼！可惡，閃開！」

即使大聲吼叫，擋在士道面前的人偶還是動也不動。就在這段時間內，從十香的喉嚨發出混合哀號與悶哼聲的痛苦呻吟。

「十香──！」

士道大聲疾呼。

強烈的無力感與絕望感不斷蹂躪士道的腦袋。

結果，士道什麼都做不到。

無法阻止耶俱矢與夕弦。無法將十香從危機中救出來。

唯一擁有的封印能力，在這種情況下也無法派上用場。

剩下的就只有從琴里那裡借來的治癒能力，以及從十香等人身上得到的精靈守護。

──至少……要再多出一個力量。擁有劈開眼前人偶讓自己能前進的力量。

不知為何，士道腦海中浮現狂三──依照自身意識殺害人類的邪惡精靈的臉。

那個時候所感受到的，自己什麼事都辦不到的無力感。最後……無法拯救狂三的絕望感，開始在腦海中肆意奔騰。

──已經……不想再次擁有這種回憶。

士道聽見腦袋中像是有什麼東西斷裂般的聲音。

即使只有一生一次也沒關係，就算只是曇花一現也無所謂。

只要，這雙手能擁有拯救十香的力量──！

「十香啊啊啊啊啊啊啊啊啊──！」

瞬間──士道自然而然地，舉起右手。

接下來……

「咦……？」

發出……語帶驚訝的聲音。

因為將高高舉起的右手往前方揮下來的那一瞬間，原本擋在眼前的〈幻獸・邦德思基〉的上半身，居然消失得無影無蹤。

位於那條延長線上，按著十香的手的另一台〈幻獸・邦德思基〉的頭部，也斜斜地掉落在地面上。

接下來，像是被那股力道拉扯一般，十香的身體倒臥在地面上。

「咳……！咳……！」

「這是……」

士道表現出難以置信的模樣，看向自己的右手。

士道的手上……

——握著一把閃耀光芒的長劍。

◇

「將防禦性隨意領域範圍指定為暫時方向，座標一三二-五〇-三九。範圍二五五．二四六。」

「遵……遵命。指定防禦性隨意領域範圍，座標一三二-五〇-三九。範圍二五五．二四六。」

複述神無月的指令，〈保護觀察處分〉箕輪動作迅速地操控中央控制台。

於是，包覆在〈佛拉克西納斯〉周圍的隨意領域開始產生變化，逐漸往神無月指定的方向與範圍縮小，建構出一道隱形牆壁。

下一瞬間，從敵艦發射出來的魔力砲，剛好在那個位置炸裂。播放艦外影像的螢幕發出刺眼光芒，但是艦橋內部僅僅只有輕微晃動而已。

「……！」

〈佛拉克西納斯〉的船員們，不約而同地倒吸一口氣。

防禦性隨意領域，如同字面上的意思，是以擋下想要破壞領域內部的攻擊為主要目的，屬於一種特殊屬性的隨意領域。基本上，範圍越寬廣，隨意領域的強度便越弱。如果將隨意領域濃縮凝結，讓它緊緊依附在位於內部某一對象的表面上，那麼其強度就會大幅提昇。

不過，剛剛神無月所下達的指令卻更加高竿。他的方法是在特定的位置上，將隨意領域濃縮成一道牆壁。

理所當然的，這麼做就能讓隨意領域的強度無限擴大。全體船員正在親身體驗這個效果。

不過，這同時也是一把相當危險的雙面刃。

理由很簡單。因為在限定範圍展開隨意領域時，其他部位就會處於毫無防備的狀態。

「——接下來，將防禦性隨意領域範圍指定為相同方向，範圍五〇．六九。」

「五……五〇．六九嗎……！」

「動作快，不然會死掉唷——啊啊，不過確實如此吶。我能夠了解那種想要體驗生不如死的痛楚的心情……」

「指定防禦性隨意領域範圍，範圍五〇．六九！」

神無月的話還沒說完，隨意領域便在指定位置展開。接下來，比剛剛威力更強的魔力砲，擊中被設定成小範圍的隨意領域。

如果按照先前的設定，這波攻擊的威力恐怕就會損傷船艦本體。像是早就預料到這一點般，神無月將展開範圍指定為小範圍。

而且，不單單只有一兩次。

在擋下第一波砲擊後，敵方總共又發射了十二發魔力砲。那些攻擊，全都被神無月恭平精準無誤地阻擋下來。

的確，敵機只有一架。而攻擊的方向也能大約估算出來。所以理論上，這確實是不無可能。

不過——

「好，漸漸掌握到節奏了。其實，我希望對方能調教……修正，進攻得更加激烈一點。但是，不能繼續放任對方傷害五河司令的美麗世界樹。」

為了吸引大家的注意力，神無月倏地舉起手，瞪視主螢幕播放出來的敵艦影像。

「——準備發射收束魔力砲〈銀槲之劍〉。」

「為什麼打不到！」

伴隨著怒吼聲，派汀頓緊握起拳頭捶向艦長席扶手。

從剛剛開始連續發射出好幾發魔力砲，但是〈拉塔托斯克〉的船艦依舊飄浮在天空中。

既沒有迎擊，也沒有採取迴避行動，只是滯留在固定位置，準確地防禦我方砲擊而已。

沒錯——簡直就像是在窺視這艘〈阿爾巴爾德〉船艦似的。

「對……對方似乎都能趕在砲擊打中之前，在預測會中彈的位置上，瞬間展開防御性隨意領域！」

「別開玩笑了！怎麼可能會有這種事！」

「但……但是——」

船員的話還沒說完，艦橋突然響起警鈴聲。

「偵測到熱源！敵艦、船艦本體前端的主砲正在收束魔力！」

「嗚……轉右舵航向一-〇-四！將生成魔力全部轉為防御性隨意領域！」

「是！轉右舵航向一-〇-四！」

遵照派汀頓的指示，〈阿爾巴爾德〉的巨大船體改變了方向。

下一瞬間，敵艦前端發出光芒，緊接著驚人的魔力洪流便從那裡發射過來。

那股洪流貫穿已經改變航向的〈阿爾巴爾德〉的隨意領域，掠過船體之後射向後方，最後劃破雲層消失在天際。強烈的振動襲向〈阿爾巴爾德〉艦橋。

「嘖，可惡——可惡可惡可惡呀呀呀！」

派汀頓大聲吼叫之後，下達下一個指令。

「將〈阿休克羅夫特-β〉一到五〇號機全部驅動到臨界點！將隨意領域收縮至距離艦體表面

三公尺處之後，轉左舵！全速前進！直接削掉敵艦的隨意領域！」

「遵……遵命……！」

◇

「啊～啊～現在折紙在南方島嶼度假呀！真是令人羨慕吶！」

位於陸上自衛隊天宮駐防基地一隅的飛機庫裡，小米一邊用輕薄的平板電腦朝自己搧風，一邊以漫不經心的語氣說話。

「不要只會動嘴巴，繼續做事吧！」

燎子無奈地嘆了口氣，拉起小米戴在額頭上的護目鏡，然後迅速放開手。「啪！」在這個聲音響起的同時，額頭感受到一陣衝擊，小米整個人倒向後方。

「好痛！妳……妳在做什麼呀！」

「好了，接下來是這邊。等一下就要用到了，所以要趕快調整好唷！」

說完後，燎子將裝備在手上的一種戰術顯現裝置搭載組合——手指虎〈胡桃鉗〉展示給小米看。一條電纜線從包覆拳頭到前臂的金屬製手套延伸到小米面前。

那是可以利用顯現裝置將生成魔力纏繞在拳頭上進行格鬥的近戰特化型裝備。不過，由於攻擊範圍很短，所以隊上很少有人會使用這項特殊兵器。至少，喜歡將這項武器當作主要兵器的，幾乎只有燎子一個人而已。

「真是的……不要每件事情都用暴力解決嘛，燎子～請珍惜維修人員的腦袋～」

一邊發牢騷，一邊將電纜線連接到手中的平板電腦，觸控畫面之後，開始進行裝備的微調整。

「妳在說什麼呀。我已經對妳很好了唷。想當初我剛加入AST時的那名隊長呀，才真的是恐怖到讓人不願再回想起那時的事情呢。」

彷彿回想起某種駭人的回憶，燎子鐵青著臉如此說道。小米一邊操作平板電腦，一邊瞄了她一眼。

「恐怖呀……那名隊長很嚴格嗎？」

「那算是嚴格嗎……」

「什麼意思？」

小米露出驚訝的表情如此問道。然後，燎子一臉為難地繼續說：

「就是呀。例如妳現在正在瞎扯一些廢話吧？」

「是呀、是呀。」

「然後，隊長就會無聲無息地走到妳身邊，『砰……』一聲，將手搭在妳肩膀上唷。此時妳就已經被宣告出局。那一整天，妳都必須穿上隊長選好的、令人羞恥的角色扮演服裝。當然，就算在訓練中，也必須在接線套裝外頭套上那件衣服。」

「咦咦……！」

小米用力皺起眉頭。這個時候，她的手一滑，讓數據亂掉了。在急忙修正的同時，她回覆燎子：

「角……角色扮演嗎？」

「是的……而且，那還只是開端而已。如果再犯第二次錯，還會加上在穿上角色扮演衣服的狀態下，踐踏隊長的懲罰呀。」

「咦？不是被隊長大人踐踏嗎？」

「不是的。是接受懲罰的隊員要踐踏隊長唷。」

小米的臉頰不斷抽搐，額頭冒出冷汗。

「為什麼？」

「誰知道呢……哎，不過因為覺得很噁心，所以大家都變得很守紀律。」

「呃……那麼，如果被警告第三次的話……」

「…………妳想聽？」

從說出這句話的燎子臉上神情看出異樣，小米用力搖頭。

「這……這名隊長真有個性呢。」

「……是呀。即使透過優美的國語來修飾，能這樣婉轉形容他的詞彙，應該也所剩無幾。」

「哈……哈哈……」

看到燎子展現難得一見的黑色幽默，小米不禁露出苦笑。

「不過……」燎子繼續說道：

「隊長確實是名大變態。然而……本人卻擁有堅強的實力。說真的，隊長使用顯現裝置的熟練度是其他隊員所望塵莫及。他毫無疑問是AST的王牌。」

「是……是嗎？……呃，那麼，為什麼現在已經不在AST了呢？如果那名隊長這麼厲害，上級應該也希望那名隊長能待在前線吧？」

聽見小米的話，燎子一臉困惑地皺起眉頭。

「我……不太清楚。某天，隊長突然說出：『我必須去尋找值得我服侍的主人才行！啊啊，請原諒我吧，各位戰友啊！請不要阻止我，我的朋友啊！再會了，諸位盟友啊！』這種話，然後便消失不見了。原則上，因為還抱持著隊長有可能會再次歸隊的渺小希望，所以AST並沒有將隊長除名……」

說完後，燎子聳了聳肩。

「隊長……到底去哪裡了呢？」

◇

「敵艦躲過〈銀槲之劍〉……！」

「哎呀，射偏了呀。嗯嗯，我果然不擅長進攻吶！」

神無月以像是在開玩笑的語氣說完這句話之後，船員們一起露出無奈的苦笑。

「——！敵艦，朝我方接近中！」

「原來如此，想要直接削掉我方的隨意領域嗎？」

在同樣搭載有顯現裝置的船艦戰鬥中，追根究柢，其實最重要的獲勝關鍵就是率先除去對方的隨意領域。

「嗚姆……」神無月低聲嘟囔後，大聲說道：

「並聯啟動全部的基礎顯現裝置。將生成魔力轉換為隨意領域。同時，縮小領域。將範圍緊縮到距離艦體表面兩公尺處。」

「是！並聯啟動AR-008一號機到一〇號機！」

「啊啊，還有控制型顯現裝置。只留下一台，其他台用來製造魔力。」

「遵——咦？」

忠實複述神無月指令的船員，突然停止說話。

不過，這也是正常的反應。

〈佛拉克西納斯〉所搭載的顯現裝置大致上分成兩大種類。用來製造魔力供給隨意領域與主砲使用的基礎顯現裝置，以及控制這些裝備的控制型顯現裝置。

控制型顯現裝置不僅是顯現裝置的其中一種類型，雖然比較沒效率，但是也能像基礎顯現裝置那樣製造魔力。以龐大的魔力輸出功率對抗朝我方逼近的敵艦，這確實是最好的方法。

不過，放棄大部分的控制型顯現裝置的做法，跟從電腦拔去CPU是同樣的道理。就算能製造出龐大魔力，但是恐怕會連固定隨意領域這種功能都喪失了。

彷彿認為船員們的不安是理所當然，神無月點了點頭。然後，從艦長席後面取出一個看起來像是黑色全罩式耳麥的東西，戴在頭上。

「——沒關係，這個可以用來代替控制型顯現裝置。」

說完後，指向自己的頭部。

「咦……？」

「之後再跟你們說明。如果不想讓〈佛拉克西納斯〉被擊落，就快點依照我的指示去做。」

「嘖——遵命……！控制型顯現裝置——二號機到八號機，性能轉移成製造魔力！」

船員操作著控制台。包覆〈佛拉克西納斯〉的隨意領域在瞬間消失——緊接著又立即復原。

「怎……怎麼可能……」

「副司令，你到底做了什麼？」

「沒什麼。基本上，跟AST的接線套裝是相同道理。他們會利用自己的腦波，控制顯現裝置所製造出來的魔力對吧。」

「你說控制……總共有七台空中艦艇專用的控制型顯現裝置耶……！」

「晚點再聊天吧。敵人攻過來囉！」

在神無月說話的同時，艦橋響起警鈴聲。

「敵艦正在提昇隨意領域的輸出功率！」

「哼……打算迎擊〈阿爾巴爾德〉了嗎？」

「隨意領域接觸中！請準備迎接衝擊！」

船員大叫出聲的同時，〈阿爾巴爾德〉的艦橋如同發生地震般激烈搖晃。

「嗚！展開隨意領域範圍！全部凝聚到與敵艦的接觸面上！一口氣摧毀敵艦！」

「了解！展開隨意領域範圍！」

船員開始操作控制台。然後，原本展開在〈阿爾巴爾德〉艦體表面的隨意領域往敵艦方向縮小。至於敵艦，尚未採取任何行動。

贏定了——！派汀頓緊緊握起拳頭。從衝擊力來說，雙方在接觸時的隨意領域輸出功率幾乎是勢均力敵。只要我方搶先一步縮小領域，其強度也會隨之增長。若是現在才開始縮小，肯定會來不及。可憐的〈拉塔托斯克〉艦艇鐵定會被〈阿爾巴爾德〉的隨意領域壓碎——

「……！」

就在這個時候，派汀頓驚訝地瞪大眼睛。

因為〈阿爾巴爾德〉的後方突然響起爆炸聲。

一瞬間還以為是敵艦發射過來的砲擊，但那是不可能的。因為，發出爆炸聲的位置，剛好就在敵艦的正對面。

「什麼？到底發生什麼事？」

「右舷輕微損傷！確認是外部衝擊所引起的損傷！」

「外部衝擊……！是敵人的攻擊嗎？」

「不……不知道！原因不明！」

船員以尖銳聲音大聲說道。然後，另一名船員緊接著大聲疾呼：

「艦長，不好了！因為剛剛的爆炸，B2區域起火，對遠端操控〈幻獸・邦德思基〉小隊的控制室造成損傷了！」

「你說什麼……！快點滅火！」

派汀頓下達指令，同時咬緊牙齒。

「剛……剛剛那是……」

在一陣震動過後的〈佛拉克西納斯〉艦橋中，雛子一邊看著逐漸撤退的敵艦，一邊呆呆地喃喃自語。

即使敵人縮小隨意領域並且提高強度，神無月還是遲遲不下達對策。就在雛子對此感到憂心忡忡之際，敵艦突然起火，漸漸遠離〈佛拉克西納斯〉。

而且，敵艦損傷之處，與〈佛拉克西納斯〉接觸到的部位完全不同。對敵艦發動攻擊的到底是誰呢？

抱持這個疑問的人似乎不只雛子一人。多數船員驚訝到說不出話，只能一直凝視著神無月。

察覺到大家的視線之後，神無月聳了聳肩，輕輕敲擊手邊的小型螢幕。彷彿是在告訴每個船員「請大家看看自己手邊的螢幕」。

船員們依照他的手勢看向自己手邊的螢幕——然後瞪大眼睛。

螢幕上可以看見冒著火花、在空中盤旋的敵艦，還有——被隱形迷彩所覆蓋，如同小片葉子般的影子。

「那是——〈世界樹之葉〉……？」

沒錯。那正是方才敵艦出現之前，發射到或美島當作通訊中繼點的獨立Unit。

大家在此時豁然開朗。也在此時感到不寒而慄。

〈世界樹之葉〉各自搭載著小型的顯現裝置。因此可以從〈佛拉克西納斯〉遠端遙控那個顯現裝置，並且產生隨意領域。

不過，展開隨意領域的用途並不只侷限於通訊而已。

神無月利用遠端遙控的方法，操控被當作中繼點而發射出去的〈世界樹之葉〉，然後把它當成水雷使用。

可是，在利用自身替補七台控制型顯現裝置的情況下，還能完成遠端遙控這種精細作業，真是教人不敢相信。

彷彿看穿大家的想法，神無月開口說道：

「哎，該怎麼說呢？真是可悲，就算科技再怎麼發達，人類還是連一顆大腦都做不出來。」

說完後，聳了聳肩。

不，要是真的做出來的話，那還得了？但是，神無月似乎沒有察覺船員們的這個想法。

◇

「什……這是——〈鏖殺公〉……？」

士道凝視著出現在自己右手的長劍，同時如此說道。

散發光芒的寬廣刀身。作工精細的刀鍔。

沒錯。毋庸置疑的，那正是屬於十香的「擁有形體的奇蹟」——天使〈鏖殺公〉。

「士……道……？為……為什麼士道會拿著〈鏖殺公〉……？」

十香也一臉驚訝地看向士道。

不過這也是理所當然。因為剛剛被艾蓮粉碎的〈鏖殺公〉居然出現在士道手上。

然而——士道即使感到驚訝，卻也冷靜地接受了這個事實。

因為士道的治癒能力原本就不是士道自己的能力，而是藉由封印變成精靈的琴里的能力之後才獲得的力量。

如果這個構造也能套用於其他——至今為止被士道封印自身靈力的精靈們身上……

那麼士道能使用其他精靈力量的事情，也就不無可能了。

而且，事實上，這項假設已經藉由一個不容懷疑的真實畫面而獲得證實。

——那就是，顯示出天使……

「天使……？而且還是跟〈公主〉一樣的……？怎麼可能？我剛才明明已經將它粉碎了呀！

更重要的是，為什麼你能顯現出天使——」

表現出與剛才興致缺缺截然不同的態度，艾蓮以好奇的眼光凝視士道。

「你叫——五河士道吧？你到底是什麼東西？」

「……基本上，算是人類。」

「…………」

聽見士道的回答，艾蓮皺起眉頭，然後把手舉起來。配合這個動作，四周的〈幻獸．邦德思基〉們蹲了下來，做出警戒姿勢。

「我改變心意了。五河士道。你也一起來吧。勸你最好不要抵抗。」

「嗚……」

士道握緊〈鏖殺公〉，並且露出愁眉苦臉的表情。

的確，剛才士道已經讓兩台〈幻獸．邦德思基〉陷入停機狀態。不過現場還存在著八台切換成警戒狀態的〈幻獸．邦德思基〉，況且它們後方還佇立著一名輕而易舉打倒解除部分靈力狀態的十香，其身分不明的巫師。

可想而知，要在這種狀況下帶著十香逃跑是相當困難的事。

「〈幻獸．邦德思基〉小隊。請將他抓起來。如果他抵抗的話，可以打斷他的手腳。」

說完後，艾蓮將高高舉起的手朝士道的方向揮下去。

同時，圍繞在周圍的〈幻獸．邦德思基〉一起撲向士道。

「嗚，可惡……！」

士道立刻揮舞握在手中的〈鏖殺公〉，但卻使不出與剛剛相同威力的劍擊。微微發光的刀身僅在黑夜劃下淡淡軌跡。

這樣的攻擊當然無法傷害〈幻獸·邦德思基〉。輕易躲開士道攻擊的〈幻獸·邦德思基〉，朝士道握住〈鏖殺公〉的右手伸出手——

就在這一瞬間……

「咦……？」

「啪嘰！」在這個聲音響起之後，包圍士道與十香的機器人們，突然從頭部冒出火花然後開始扭動身體。

「這是……怎麼回事……」

驚訝地皺起眉頭。直到剛剛為止都還正常運作的機器人們，突然像是電池耗盡的電子玩具般，開始做出不正常的舉動。

艾蓮原本凝視著士道握在手上的那把劍，在看見這副景象之後，皺起充滿疑惑神情的臉孔。

接下來，像是發現什麼事情似地，用手按住耳朵開口說道：

「〈幻獸·邦德思基〉小隊出現不正常反應。發生什麼事情了？」

「——遠端遙控室中彈？這是怎麼一回事……與空中艦艇戰鬥？我不記得我有下達過這樣的

指令——」

「……！」

這是個好機會。士道立即用腳踏向地面，倏地拉起十香的手，一溜煙地逃離現場。

「什……什麼？發生什麼事了？」

「不知道！但這是個好機會！」

說完後，兩人突破人偶們的包圍往森林的方向跑過去。

「不要讓他們逃跑了！快追！」

聽見後方傳來艾蓮聲音的同時，幾名〈幻獸．邦德思基〉轉過頭來，打算緊追在士道兩人後頭。但是——隔沒多久，便猶如壞掉的傀儡木偶般胡亂揮動手腳，最後當場倒地不起。

「嗚……你們在做什麼呀！」

艾蓮焦急地嘖了一聲，接著往前奔跑，打算追捕士道他們兩人。

不過，就在此時……

「嗚啊！」

她一腳踩進地面上被挖開的地洞，「嘶咚！」當場跌了進去。

「為……為什麼這裡會有洞穴……？嘖，難道是……高速掘穴術——」

順帶一提，就在這個時候，一台〈幻獸．邦德思基〉倒了下來，朝艾蓮的方向壓過去。

「咦？嗚……嗚啊！」

都是因為自己在解決十香之後，刻意擺出從容不迫的態度解除CR-Unit，所以才會釀成這場災難。彷彿被敵人偷襲般，艾蓮被沉重的機器人壓在下方……

「怎……怎麼會這樣……我……我可是最強的……巫師——姆啾！」

發出奇怪的叫聲之後，艾蓮便靜止不動了。

接著，完全不知道艾蓮是在何時清醒，而〈幻獸・邦德思基〉的機能又是何時恢復正常的。士道只是在轟隆隆的風聲中，頭也不回地往前方奔馳而去。

接下來，不知道跑了多久……

「……！那是——」

「——姆！」

並肩奔跑的士道與十香，在同一時間如此說道。

沒錯。因為在樹木呈現放射狀被夷為平地的森林上空，可以看見不斷激烈打鬥的耶俱矢與夕弦的身影。

「耶俱矢——夕弦！」

其實，應該要儘快從艾蓮他們身邊逃開才行——但是士道還是不自覺地停下腳步。

如果現在不加以阻止，她們兩人之間將會分出勝負。

而所謂的「分出勝負」就代表著——耶俱矢與夕弦其中一人將會消失不見。

就算在此時沒有分出勝負，兩人也會就此消失並且前往鄰界，那也是同樣的道理。

為了拯救兩人，士道必須在此時此地，封印她們兩人的靈力才行。

「妳們兩個！住手啊！或許有方法可以讓妳們兩人同時生存下來！」

儘管大聲吼叫，兩人卻聽不到士道的聲音。雖然距離不遠，但是包圍在兩人身邊的龍捲風壁，似乎阻絕了來自外頭的聲音。

「嗚，該怎麼辦——」

話才說到一半，士道倏地睜大眼睛，低下頭看向自己的右手。

手上，還握著十香的天使——〈鏖殺公〉。

沒錯。只要用天使再次使出一舉殲滅〈幻獸・邦德思基〉的那個招式，或許就能切斷包圍耶俱矢與夕弦的暴風之壁了。

當然，士道不認為這樣做就能成功阻止兩人。但至少可以讓她們在瞬間注意到士道，並且聽士道說話。

雖然可能性不高，但是，別無他法了。

「抱歉，十香，請妳稍微離遠一點……！」

「嗯……？好……好的。」
十香乖乖點頭，將手從士道身上抽離，往後退了幾步。
士道用餘光確認之後，用雙手拿起〈鏖殺公〉用力往下一揮，打算切斷包圍耶俱矢與夕弦的風之城堡。
「喝啊啊！」
不過——〈鏖殺公〉並沒有發出一開始現身時的強光。
「嗚……」
無論試了幾次，結果都一樣。〈鏖殺公〉只能切開刀身範圍內的空氣，並沒有出現如同十香使用時的絕對威力。
「不行嗎……！」
士道咬緊牙齒，緊握〈鏖殺公〉的刀柄。
不過，還不能放棄。士道回過頭，看向〈鏖殺公〉的真正主人。
「十香……！拜託妳，用〈鏖殺公〉阻止那兩人吧！」
「什……？」
十香發出驚訝的聲音。不過，不知是因為看見耶俱矢與夕弦激烈格鬥的身影，還是從士道的反常態度察覺到事態的嚴重性，十香沒有繼續追究詳情，點了點頭。

「抱歉，拜託妳了……！」

士道說完後，將〈鏖殺公〉的劍柄遞給十香。

「嗯，交給我吧。」

十香再次點頭，伸手握住〈鏖殺公〉。但是——

「……！」

這一瞬間，十香輕輕屏住呼吸，皺起眉頭。

「十香……？」

「——不行。現在的我，無法揮動這把〈鏖殺公〉。」

「咦？」

士道臉上瞬間浮現一個問號。然後，十香目不轉睛地凝視著士道，繼續說道：

「〈鏖殺公〉不是一把普通的劍。而是根據擁有靈力的使用者的願望所顯現出來的『天使』。如果處於擁有完整靈力的狀態之下，說不定還有辦法。但是現在的我，無法使用被士道的願望所召喚出來的〈鏖殺公〉。」

「怎麼會——這樣的話……」

士道懷抱著絕望心境抬頭仰望。

天空中，兩名精靈仍然鐵了心腸、毫不手軟地，強迫對方繼續活下來。

嘴巴稱讚著對方。

一舉手一投足都在顧慮對方。

每次攻擊都在傳遞著愛。

最喜歡對方的、最笨拙的人們的、最扭曲的戰鬥，正在進行中。

——為了殺死自己的……戰鬥。

「這種事情……教人怎麼接受啊！」

士道大叫出聲，握緊劍柄之後再次揮舞〈鏖殺公〉。

當然，這一擊也沒有產生任何變化。不過，沒有其他選擇了。士道不死心地再次揮舞第二次、第三次……

「可惡、可惡……！真的沒辦法嗎？再這樣下去，她們兩人會……」

只要使用士道的封印能力，就能封印兩人的靈力。如此一來，或許兩人就可以無須恢復成一個八舞，也能以現在的狀態共存。

就算不能直達暴風的正中心也無妨。只要一擊。只要使出能夠劃破強風，讓兩人注意到士道的攻擊就可以了——！

此時，十香將手搭在士道的肩膀上。

「……十香？」

士道將原本仰望天空的臉往十香的方向轉過去，吞了一口口水。

——因為士道從十香那搭在肩膀上的手所感受到的，不是安慰失意的溫柔，而是彷彿在激烈訓斥的強健力道。

「真是羨慕吶。居然能讓士道為她們說這種話。」

「十香……？」

士道以有點驚訝的語氣如此說道。然後，十香的臉上在瞬間浮現看似苦笑的微笑之後，用力點了點頭。

「有句話剛剛被打斷了，那就是我認為大家果然還是得好好談一談。如果知道士道有方法能讓她們兩人活下去，耶俱矢與夕弦應該就會休戰了吧。」

雖然單純，卻是最真實的一番話。

「但是，該怎麼做——」

「——我說過了吧？現在的〈鏖殺公〉是應士道的願望而被召喚出來。既然如此，那麼能夠實現這個願望的，除了士道以外沒有其他人選。」

「……！我……嗎……？」

十香點點頭，讓士道的手緊緊握住劍柄。接下來，走到士道背後並且把手繞過身體，與士道共同握住〈鏖殺公〉。

不過……體型差距大太了。「姆……」十香低聲嘟囔，這次鑽過士道的手臂來到前方。

她以宛如二人羽織（註：大多於寄席或宴會上表演的餘興節目。前方的人披上羽織，手不穿過袖子。另一人鑽進羽織裡並將手從後方穿進袖子，然後拿取桌子上的食物餵食前方的人）的姿勢，輕輕將手搭在握著〈鏖殺公〉劍柄的士道手上。

「十香……」

「靜下心來。然後，努力回想。現在士道想做的是什麼？現在士道所期望的是什麼？屏除其他不重要的瑣事。只要記得一件事，在心裡描繪出願望後揮劍。如此一來，天使一定會回應你。」

「…………」

士道嚥下一口口水，垂下視線輕輕嘆了一口氣。

他依照十香的指示，靜下心來調整呼吸。

將震動鼓膜的風聲、吹亂頭髮的暴風，甚至是手部與胸口所感受到的十香的觸感與體溫統統拋諸腦後，在心裡專注地描繪一個願望。

耶俱矢與夕弦。不知是偶然，抑或必然？一分為二的精靈。

從誕生的瞬間，就註定其中一方必須消失的命運。

就是因為認知到這一點——所以為了讓對方能存活下去，兩人現在正在與最愛的另一個自己

戰鬥著。

士道緊咬牙齒。

「——怎麼可以……讓這種事情發生呢？」

沒錯。展現笨拙溫柔的兩人，其中一人將會消失不見。絕對不能讓這種事情發生。

所以，必須在兩人分出勝負前……

以褻瀆對方的強力一擊，摧毀兩人口中的崇高決鬥——！

「…………！」

士道倏地睜大眼睛。〈鏖殺公〉的刀身綻放出方才難以比擬的耀眼光輝。

士道重新握起劍柄。而十香則將更多力道注入搭在士道手上的那雙手，然後點了點頭。

士道再次抬起頭來，用視線捕捉在天空中大吵大鬧的兩個笨蛋的身影。

然後……

「哦哦哦哦哦哦哦哦哦哦哦哦哦哦哦哦哦哦哦哦——！」

伴隨一陣吶喊聲，舉起〈鏖殺公〉瞄準天空砍下去。

瞬間，〈鏖殺公〉發射出一道光芒——其刀身所描繪出的斬擊不斷延長，朝向天空延伸而去。

接下來，〈鏖殺公〉的光芒輕而易舉切斷在空中狂風大作的風之城堡，穿過耶俱矢與夕弦之間的縫隙後飛往天際。原本呈現漩渦狀的雲層被劃分成兩半，一直被遮蔽住的月亮終於探出頭來。

令人難以置信的，周圍颳起的強風突然停止，接著響起充滿驚慌失措的聲音。

「什——」

「焦躁。這是……」

互相用長矛與靈擺指著對方的耶俱矢與夕弦露出目瞪口呆的神情，眼睛看往下方，尋找剛剛那道斬擊的來源地。

接下來，兩人一看見士道的身影，便立刻皺起眉頭。

「士道……！剛剛……難道是你……？」

「驚訝。你怎麼會有如此驚人的靈力？」

士道把〈鏖殺公〉當成拐杖拄在地上，以像是被十香揹在身上的姿勢，開口回應兩人的問題：

「耶俱矢——夕弦……！」

一擊。僅僅只有一擊。但是全身卻感受到強烈劇痛。然而，如果不把握這次機會，就無法將自己的心聲傳達給她們了。士道像是要叫破喉嚨似地，大聲吶喊：

「拜託妳們……停戰吧！」

不過，聽見士道的請求，耶俱矢與夕弦的臉扭曲成不悅的表情。

「……你還聽不懂嗎？我跟夕弦之間，必須有一方消失不見。否則我們將會沒有辦法生存下去。」

「同意。沒錯。請你不要打擾夕弦。因為夕弦正在教導這個呆瓜，耶俱矢是一名多麼優秀的精靈。」

「嘖，妳還在說這個……！我不是說過如果我活下來的話也沒什麼用呀！為什麼妳聽不懂呢！夕弦！有資格活下來的人應該是妳！」

「否定。夕弦不這麼認為。有資格活下來的人是耶俱矢。」

「妳這傢伙……！」

「激動。耶俱矢才是——」

「——我！」

如果放任這個情勢繼續發展下去，好不容易中斷的決鬥將會再次展開。於是士道大聲嘶吼，打斷兩人的發言。

「打算繼續擔任妳們決鬥的裁判！真正有資格成為八舞的精靈！誰能夠繼續活下去！這都將

由我——來選擇！」

「……！」

聽見士道的話，耶俱矢與夕弦驚訝地瞪大雙眼——緊接著用銳利的眼神瞪向士道。

然而兩人都沒有開口說話。似乎是打算先聽聽士道的說法。

不過，兩人視線所代表的意思很容易理解。士道從雙方的眼神中，感受到令人起雞皮疙瘩的壓力。

……簡單來說，兩人想要傳達的是——如果選擇對方的話就算了。但是如果敢選擇我的話，我會在你唸完名字前貫穿你的心臟。

她們是風之精靈〈狂戰士〉，所以應該擁有足夠的能力實現這項諾言吧。

士道緊張地吞了一口口水之後張開嘴巴。

接下來，說出自己的選擇：

「我的選擇是——妳們兩個……雙方都要活下來！」

士道的聲音迴響在風聲戛然停止的寂靜森林中。

耶俱矢與夕弦凝視士道幾秒鐘之後……不知由誰先開始，兩人重重嘆了一口氣：

「……什麼意思嘛。你是在開玩笑嗎？」

「輕蔑。比小學生程度還不如的回答。優柔寡斷的男生最不像樣了。」

以驚訝的聲音如此說道。

不過，士道不是在開玩笑，也沒有矇騙她們兩人的意思。他以極其認真的語氣，繼續說道：

「——沒辦法呀！妳們兩人各自都擁有不同於彼此的優點，根本無法做出選擇嘛！」

「什……！」

「…………」

耶俱矢漲紅了臉，而夕弦則垂下雙眼。

「你說各自擁有優點……不要說得好像什麼都了解一樣！像你這種傢伙，根本不知道——」

「我知道啊！至少，我比妳們更早發現一件事情！」

「……提問。什麼事？」

聽見夕弦的疑問，士道緊緊握起拳頭，拚命叫喊：

「那就是——耶俱矢在意夕弦的程度，遠遠勝過於夕弦；而夕弦在意耶俱矢的程度，遠遠勝過於耶俱矢呀！」

「——那是……」

「…………」

不知該如何回應的兩人，陷入沉默。士道努力撐住幾乎快倒下來的身體，使盡全身力氣繼續說道：

「——接下來！由妳們來選擇！做出抉擇吧！

①！夕弦取代耶俱矢，成為真正的八舞！

②！耶俱矢取代夕弦，成為真正的八舞！」

聽見士道的話，兩人露出理所當然的表情開口說道：

「那還用問嗎？當然是選①——」

「回答。根本不用考慮。當然是選②——」

不過，士道沒有做出回應，只是繼續說道：

「③！以失去精靈的力量為代價，換取兩人共同存活下去的機會……！」

「……！」

士道說完的瞬間，耶俱矢與夕弦瞪大眼睛。

「啊……？你說什麼？」

「要求。你剛剛說什麼？」

士道突然激烈咳嗽。十香一臉擔憂地回頭看。

不過，必須繼續說下去才行。士道用唾液潤喉之後，擠出聲音：

「——抱歉，說了那麼久，就是希望妳們能選擇第三個選項吶……因為我無法允許妳們只能選擇其他兩個選項。」

「你在……說什麼？那種事情……怎麼可能會發生？」

「懷疑。沒錯。夕弦根本沒聽過有那種方法。」

耶俱矢與夕弦以狐疑的眼神看向士道。其實她們的反應是正常的。要她們相信這個說法的士道，反而才是強人所難的一方。

不過，士道大叫出聲：

「拜託妳們！相信我！只要一次就好！給我一個機會，我可以讓妳們兩人一起存活下來……！如果失敗的話，到時候我就任憑妳們宰割！甚至殺了我都沒關係！所以……！」

「……什麼？你只不過是個人類。怎麼可能──」

「難道妳們忘了，剛剛劃破妳們引以為傲的颶風的人是誰嗎？」

「呃……」

「考慮。…………」

不知該如何回應的耶俱矢與夕弦，互相看著彼此。與其說是在確認士道那番話的真偽，還不如說是因為這起突發事件而陷入混亂狀態。

「所以──住手吧！妳們兩人，已經不需要再爭吵了……！不會有人……消失不見了──」

話才說到一半，士道突然感受到一陣強烈暈眩，便當場倒了下來。〈鏖殺公〉掉落在地面上，化為光粒消失在空氣中。

「士道！」
十香以十分擔憂的語氣說話，肩膀顫抖了一下。不過，士道已經沒有力氣回應十香。雖然還清醒著，但是只能發出空氣通過喉嚨的咻咻聲而已，根本無法說話。看來——士道的身體已經到達極限。
「…………」
「…………」
天空中，耶俱矢與夕弦互相對望。
「……那麼，妳怎麼想呢，夕弦？」
「不信。這是不可能的。就算剛剛那波攻擊真的是士道所為，但是夕弦從來沒聽過有人類能從精靈身上奪走靈力。」
「是呀……我的意見跟妳一樣。」
「……！……！」
模糊的視線中，士道努力擠壓肺部想要說話。但是——不管喉嚨再怎麼用力，還是只能發出呼吸聲。
不行。她們……不相信我。士道的視線漸漸被淚水模糊。
——住手、住手、住手！我明明有力量可以拯救妳們。只要伸出手，就能抓住這個希望啊！

不過，士道那不成聲的聲音無法傳遞到天空中。耶俱矢與夕弦依然互相注視著彼此的眼睛，同時繼續說道：

「真是的，士道也真是令人傷腦筋呀。居然兩次打斷我們的決鬥。」

「同意。耶俱矢說得沒錯。剛剛差一點就能打倒耶俱矢了。」

「妳說什麼？剛剛差點放出致勝一擊的人是我呀。」

「嘲笑。是那個漆黑魔槍（笑）嗎？」

「囉……囉唆！妳敢再說一次的話，我就要生氣了唷！」

「應戰。隨妳高興。反正獲勝的人一定是夕弦。夕弦會讓耶俱矢活下來。」

「那可不行。我會獲勝唷。妳一定要存活下來。」

「反駁。要活下來的人是耶俱矢。」

耶俱矢拿起長矛；夕弦拿起靈擺。四周，再次起風。

——但是……

「…………喂，夕弦。」

「回答。什麼事？」

「接下來的話只是假設而已。一種假想與可能性——如果士道說的是真的，妳的想法是？」

「請求。請給予思考時間。」

「可以。限時三十秒。」
「…………………………」
「好，時間到。怎樣？」
「回答。…………夕弦認為……非常棒。」
「……哼。沒想到妳是個浪漫主義者吶。」
「不悅。那麼耶俱矢又怎麼想呢？」
「……真巧，我也這麼想唷。」
「提問。如果兩人都能活下來，耶俱矢想做什麼呢？」
「我？這個嘛……啊，我想吃吃看十香所說的黃豆粉麵包。聽說相當美味呢。」
「同意。那好像很好吃。」
「夕弦呢？」
「回答——夕弦想要去上學。」
「啊啊……真好吶。啊哈哈，如果是夕弦的話，一定會成為學校男孩子們仰慕的對象。」
「否定。那是不可能的。」
「咦？為什麼？」
「回答。因為耶俱矢也在呀。所以一定是耶俱矢比較受歡迎。」

「咦、咦……我也一起去上學嗎？」

「肯定。因為，這只是假設呀。夕弦不記得有設定限制條件。」

「啊啊……是呀。那麼等到下課之後，我們趁放學時間到街上逛逛吧？」

「同意。這提議非常吸引人。夕弦想去咖啡廳。」

「好的好的，我知道了。不過，費用要各付各的唷。」

「否定。這樣不公平。因為耶俱矢的食量比較大。」

「才……才沒有呢！」

「存疑。真的嗎？」

「…………」

「…………」

說完最後一句話，兩人陷入短暫的沉默。

「……喂，夕弦。」

「回答。什麼事？」

「抱歉，我……說了謊……其實我……」

大顆淚水從耶俱矢的雙眼中滾落下來。

「我……不想死……」

伴隨嗚咽聲，她繼續說道：

「我想活下去……我想跟夕弦一直、一直在一起……」

「回答——」

接下來，夕弦的臉頰流下一行眼淚。

「夕弦……也是。不想……消失。想跟耶俱矢一起……活下去。」

「夕弦……」

「耶俱矢。」

兩人四目相交，同時開口說話。

「————」

不過，兩人所說的話，並沒有傳遞到對方耳裡。

因為遠遠大過她們音量的吵鬧引擎聲，在耶俱矢與夕弦的上方轟然作響。

「什……？」

「注視。那是——」

耶俱矢與夕弦仰望上空。

出現在眼前的，是一艘尾部冒煙，此時正飄浮在天空中的巨大黑色戰艦。

「艦長！如果再繼續降低高度的話，會有危險！在沒有展開隱形迷彩的情況下，恐怕會被居民發現——！」

情緒焦躁的船員所發出的哀號聲，響徹〈阿爾巴爾德〉艦橋。

「閉嘴！」

不過，被坐在艦長席的派汀頓大聲一喝，船員立即沉默不語。

——會被居民發現？就是因為這樣才有意義呀。事實上，自從〈阿爾巴爾德〉開始急速下降之後，〈拉塔托斯克〉的空中艦艇也中斷緊跟在後的行動。

幸運的是，對方的艦長似乎跟我方船員一樣，擁有如此庸俗的思想。因為將隱密性擺在第一順位，眼睜睜看著戰敗的敵人逃之夭夭。

「不——不對。」

派汀頓舔了舔嘴唇。

如果是以隱藏我方艦艇情報為主要目的的話，那麼應該還有無須追逐〈阿爾巴爾德〉也能發動攻擊的方法。可以用發射收束魔力砲，或是利用剛剛使用的不明水雷攻擊敵艦。

但是，如果發動這些攻擊，很有可能會對這座島嶼造成危害。

因為敵方艦長隸屬於利用和平手段拉攏精靈的瘋狂組織，所以才會做此猜測……看來是猜中了呀。

但是──不僅僅只有這樣。

損失數台〈幻獸．邦德思基〉、〈阿爾巴爾德〉受損，最後落荒而逃。在此時，派汀頓可說是出盡洋相。

為了清算這筆帳，派汀頓一定要立下足以填補缺失的輝煌戰績。

派汀頓瞪視畫面所播放出來的兩名少女的身影。

根據艾蓮在失去聯絡前所帶來的情報，她們就是精靈〈狂戰士〉。

「遠端遙控室的火滅了吧？出動殘留在艦上的全部〈幻獸．邦德思基〉！無論如何都要抓到〈狂戰士〉與〈公主〉！」

「但……但是──」

「別囉唆，快點動作！」

在派汀頓大聲怒吼的下一瞬間，船員緊咬著牙齒，開始操作控制台。

「──那是什麼呀？」

「同意。真是破壞氣氛耶！」

耶俱矢與夕弦仰望出現在高空的巨大鐵塊，同時以不悅的語氣如此說道。

好不容易能與最愛的另外一個自己和解，卻在這個關鍵時刻被那個東西妨礙了。

而且，還不只如此。

設置在戰艦下方、看似艙口的東西突然開啟，從那裡零零星星掉落出手腳與背部都裝載許多武器的人偶。

充滿無機感的平滑外型。看得出來它們擁有頭部與手腳的形狀，不過比起人類，其外觀更會讓人聯想到在幻想故事中登場的亞人（註：亞人是由英文「Demi-human」翻譯而來。意指擁有與人類相似文明或外觀的非人類物種。有時也泛指來自過去或未來的人種）或惡魔。

而且，出乎意料之外，那些機器人在空中展開翅膀輕快盤旋，像是要包圍耶俱矢與夕弦一般，在天空中飛翔。

接著，下一瞬間，來回飛翔在周圍的人偶，將裝備在右手上的筒狀物瞄準兩人，然後從那裡發射出光線。

「嗚哦！」

「……！」

耶俱矢與夕弦在千鈞一髮之際躲過這波攻擊，以銳利眼神瞪視人偶。

不過，其他人偶也緊跟在後拿起大砲攻擊耶俱矢兩人。

「嗚，這些人偶是什麼東西呀！」

耶俱矢旋轉握在右手的長矛前端，創造出小型的龍捲風，接著橫掃群聚在一起的人偶。

「攻擊。真是令人厭煩！」

夕弦也以左手操控靈擺，吹走四周的人偶。

不過，被兩人的攻擊打散的人偶們毫髮無傷，重新擺好姿勢後再次無視重力朝兩人飛過來。

耶俱矢與夕弦不悅地皺起眉頭。

「哼……真是噁心的傢伙！」

「同意。老實說，根本不想碰觸到它們。」

耶俱矢與夕弦第二次吹飛人偶之後，再次仰望天空。

人偶的數量持續增加中。巨大艦艇仍然不斷地放出人偶。

兩人看見這副景象之後，煩躁地皺起眉頭，緊接著幾乎在同一時間開口說話。再這樣下去，人偶打也打不完。

「夕弦，我說吶。」

「提議。耶俱矢。」

聲音完美地重疊在一起。耶俱矢與夕弦瞪大眼睛，看向彼此。

接下來，不知從誰先開始，「呵呵！」兩人一起笑出聲。

「要做嗎？」

「肯定。放手做吧！」

兩人朝對方輕輕點頭。接下來，耶俱矢伸出左手；夕弦伸出右手——緊緊的，貼合在一起。

於是，兩人的靈裝與天使散發出耀眼光輝——耶俱矢的右肩生長出的羽毛，與夕弦的左肩生長出的羽毛合併在一起，組合成一把弓。

接下來，夕弦的靈擺變成弓弦，連結羽毛與羽毛的兩端——耶俱矢的長矛則是化為箭矢搭在弓弦上。

這一次，耶俱矢使用右手；夕弦使用左手。

使用被靈裝的盔甲所包覆那隻手，從左右兩側同時拉弦。

拉到極限之後，把弓瞄準位於上空的戰艦。

然後……

「〈颶風騎士〉——【天際疾馳者】！」

兩人同時放手。那把巨大箭矢高高射向天上。

在這一瞬間，至今無法比擬的強烈風壓襲向四周。

待在她們正下方的士道兩人所受的衝擊不大，但是朝兩人猛撲過去的人偶們紛紛被餘波吹飛。僅存的樹木皆被剷平，如同巨浪高低起伏的森林沙沙作響。

擁有風之守護的箭矢不斷前進，彷彿這個世界上再也沒有任何事物能加以阻攔。

將所有威力集中於一點，絕對無敵的攻擊。

兩位八舞結合在一起初次施放的，最強箭矢。

人類生產的戰艦自然無法防禦這波攻勢。

〈颶風騎士〉的箭矢在一瞬間貫穿巨大戰艦，接下來，纏繞其上的風壓將內部機關破壞得亂七八糟——伴隨一陣巨大爆炸聲，夜空被染成一片鮮紅。

◇

「……嗚……啊……」

發出痛苦呻吟聲的同時，折紙微微睜開眼睛。

映入眼簾的不是微風吹拂的島嶼天空，而是被燈光照亮的旅館客房的四方形天花板。一瞬間，折紙還產生之前所發生的事情只是一場夢的錯覺——但是，不對。因為側腹部確確實實地傳來陣陣悶痛感。

她皺著臉撫摸胸口，發現有人用藥布與繃帶替自己做了急救。

「到底……發生什麼……」

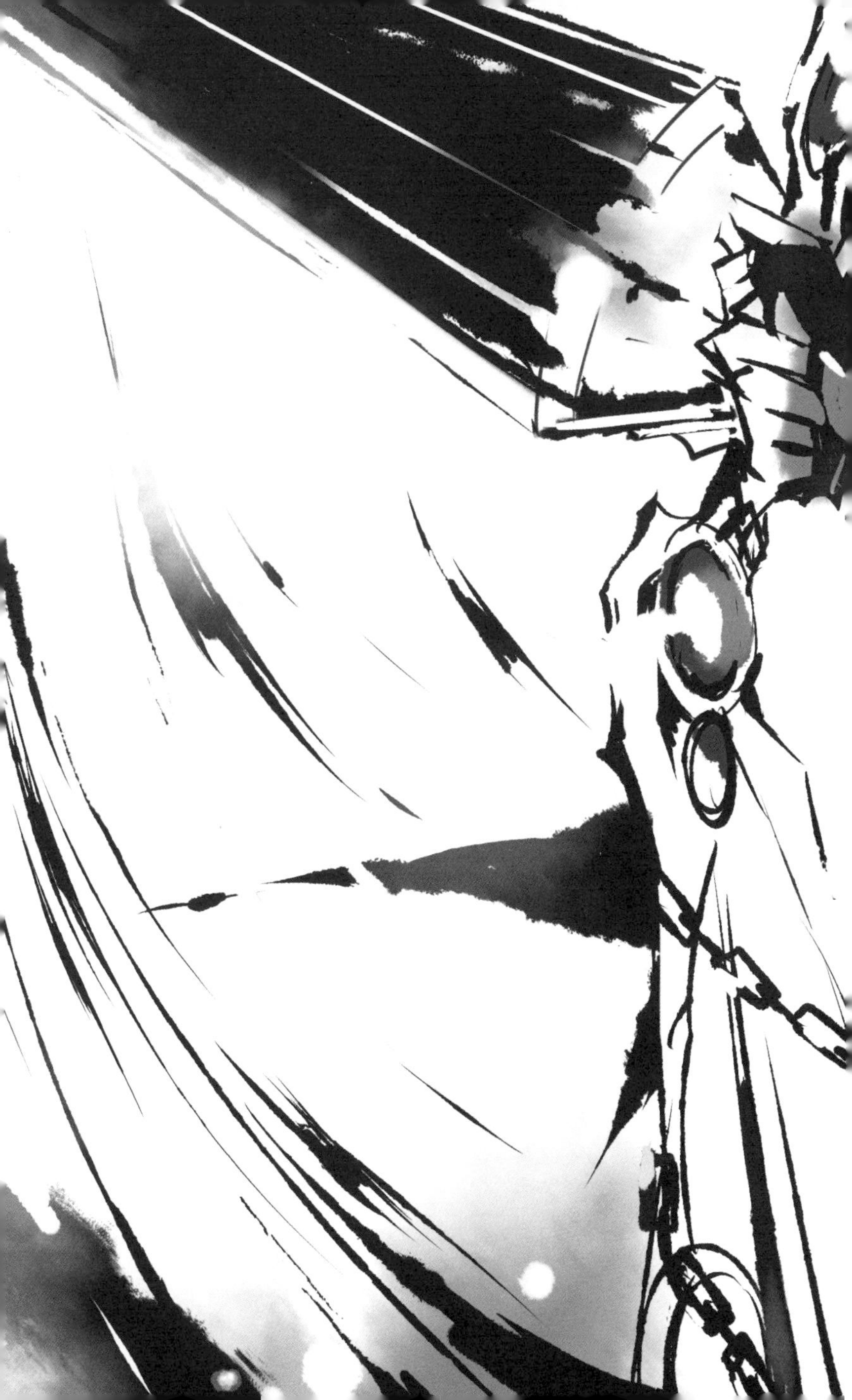

「……啊啊，妳醒了呀。」

從枕邊傳來昏昏欲睡的聲音。那是副導師村雨令音的聲音。

「老師……這裡是……」

「……我的房間。抱歉，擅自將妳搬到這裡來。我怕如果被其他學生看見，會引起騷動。」

「那個……人偶——」

「……啊啊，當妳昏過去之後，不知為何突然靜止不動了。」

「——是嗎。」

折紙簡短回答之後，努力撐起吱嘎作響的身體。

「……別太逞強。今天就乖乖休息吧。」

「是老師幫我包紮的嗎？」

「……是啊。抱歉吶，只能做些簡單包紮。」

「不會……我很感謝妳。」

「……是我要向妳道謝才對。謝謝妳救了我。」

說完後，令音鞠了個躬。折紙吞了一口口水，繼續說道：

「老師，關於那個人偶的事……」

「……我沒有跟其他人說。這個做法沒錯吧？」

「…………」

折紙一語不發地回看令音的臉。

……突然被那種東西襲擊，這位村雨老師卻意外鎮定。而且還能冷靜地判斷狀況，幫折紙緊急治療，沒有向其他人提及這件事情。

折紙確實不希望神祕人偶的事情被大肆宣揚……但是，該怎麼說呢？總覺得她把事情處理得太完美了。

沒錯——簡直就像是……早就已經知曉CR-Unit的存在。

不過，折紙突然中斷思緒。

因為更加重要的事情掠過腦海。

「——士道。」

「……嗯？」

「士道，在哪裡？」

「……啊啊，他沒事。現在正往這邊移動。」

聽到這句話，折紙才安心地呼出一口氣——接著在感受到一股異樣感之後皺起眉頭。

「為什麼妳會知道呢？」

「…………」

聽見折紙的話，令音表現出「糟糕了」的神情，挪開視線，搔了搔臉頰。經過一陣短暫的沉默，輕啟雙唇：

「……第六感？」

「…………」

折紙沉默不語地爬出被窩。靠這種薄弱理由保障士道的安全，根本無法讓人放心。不過，站起身的瞬間，腹部傳來一陣劇烈疼痛，折紙當場跪倒在地。

「嗚……！」

「……我不是說過了嗎？不要逞強。他馬上就會回來。」

「…………嗚！」

折紙匍匐在地面，用拳頭捶向榻榻米。這個舉動所帶來的衝擊讓腹部再次傳來輕微痛楚，但是折紙卻毫不在乎地再次捶打榻榻米。

只有一擊。沒有使用武器的一擊。不是精靈，只是一個人偶所做出的一擊，就能造成這樣的傷害。

被剝奪顯現裝置的折紙，只是個悲哀的人類而已。

非常軟弱，相當無力。自己只是碰巧撿回一條命。如果那個時候，人偶的機能沒有突然停止的話，或許自己跟令音早就被殺死了。鳶一折紙現在的身分，只是一名無法讓士道——自己的戀人脫離險境的脆弱少女。

折紙緊咬牙齒。嚐到淡淡血味。

「——強。」

「……嗯？」

令音歪著頭。不過，折紙並不是在對令音說話。彷彿在說給自己聽一般，折紙再次複述：

「我想……變強。不需要依靠任何人……就能……保護……士道……！」

「…………」

不知是否有聽見折紙的話——令音只是靜靜垂下視線，優柔地替折紙披上外衣。

◇

「——〈阿爾巴爾德〉。這裡是亞德普斯1號。聽到請回答，〈阿爾巴爾德〉。」

艾蓮總算恢復意識，努力從〈幻獸·邦德思基〉底下爬出來，但不論她如何呼叫，耳麥的另一端還是只有傳來雜訊聲。

「…………」

艾蓮輕輕嘖了一聲，皺起眉頭。

〈阿爾巴爾德〉十之八九是被擊毀了。剛剛〈幻獸．邦德思基〉在同一時間停止全機運作，所以一定不會有錯。

她陷入沉思。如果〈阿爾巴爾德〉徹底摧毀、派汀頓與全體人員全部戰死，這樣倒是無所謂。但是，絕對不能讓那艘艦艇落入〈拉塔托斯克〉的手中——

艾蓮的肩膀輕輕顫抖了一下。因為耳麥突然傳來某種聲音。

「〈阿爾巴爾德〉嗎？現在狀況如何——」

不過，通話者卻不是艾蓮預想的對象。熟悉的笑聲傳進艾蓮的耳裡。

「呵呵…照這個樣子看來，作戰似乎是失敗了呢。對妳來說還真是難得的經驗呀，艾蓮。」

「——艾克。」

沒錯，這個聲音不是別人，正是艾薩克．威斯考特。

「非常抱歉。這全都是我的責任。」

理所當然，艾蓮的內心並不是這麼想。這一切全都得歸咎於無法駕馭賜給自己的玩具卻又過於自滿的那個無能——以及如同惡魔化身的女學生們。

威斯考特像是看穿艾蓮的想法般，再次笑出聲。

「所以，〈公主〉呢？」

「……非常抱歉。讓她逃跑了。」

「她是精靈吧？」

「咦？是……是的。有確認過她的身分。沒有錯，夜刀神十香就是精靈〈公主〉。」

聽見艾蓮這麼說，威斯考特滿足地低聲說道：

「呵呵，什麼嘛。身分已經揭曉了呀。在這次的作戰中，能確認這一點就算是意義重大了。辛苦妳了。歸隊吧。」

「…………」

「不服嗎？」

「沒有。只是──最後我想問一個問題。」

「哦？什麼問題？」

艾蓮靜靜開口說道：

「──您認為……這世界上是否有能操縱精靈能力的人類存在？」

◇

士道倚靠著十香的肩膀，踏著蹣跚步伐走向旅館。

森林被破壞得面目全非，因此視野比來時更加開闊，也變得較容易行走。遠眺昏暗的道路前方，不安地喃喃自語：

「……這個……應該沒有波及到旅館吧……？」

士道說完後，似乎聽見……後方傳來耶俱矢與夕弦倒吸一口氣的聲響。

走到旅館附近時，士道一行人發現一個奇妙的東西。

「嗯……？這是……那個叫作〈幻獸・邦德思基〉的傢伙吧……？」

耶俱矢與夕弦乘著風，飛到那個東西面前。頭部有往內凹陷的損傷。是倒下來時撞到地面的傷痕嗎？

就在士道陷入沉思之際，背後傳來耶俱矢的輕笑聲。

「呵呵……本宮的颶風威力很強烈吶。像這種人偶只能如同草芥般被玩弄唷。」

「贊同。夕弦與耶俱矢的風是最強的。」

說完後，兩人握起拳頭互觸，並且朝著對方露出微笑。跟之前的態度截然不同，現在的兩人似乎已經言歸於好。

「比起這件小事——士道啊，趕快封印吾等的力量呀。」

「同意。雖然還有時間，不過還是儘快實行比較好。」

「咦，不，那個……」

士道偷偷瞄了十香一眼，然後含糊不清地說道。十香臉上浮現疑惑的表情，瞪大眼睛回看士道。

「還……還有很多事情要準備唷。明天早上我會好好地完成這一件事情。所以請妳們再等一等。」

再怎麼樣，也不能在十香面前做這件事情呀。士道隨意敷衍過去。

「哼……汝沒有說謊吧？假使汝膽敢欺騙颶風皇女，本宮會讓汝屍骨無存。」

「私刑。折磨到面目全非。」

「我……我沒有說謊啦！」

「…………」

兩人以懷疑的眼神看向士道之後，輕輕嘆了口氣。

「呵呵……好吧。就相信你一次。對了，十香啊。」

「姆？什麼事？」

「請求。能暫時將士道借給我們嗎？」

夕弦接在耶俱矢後頭如此說道。十香一臉不可思議地歪著頭。

「可以是可以……但是為什麼呢？」

「別……別問那麼多。總之妳先在這邊等一下。」

耶俱矢說完這句話之後，從十香肩膀上拉起士道的手。

於是士道就在兩人的攙扶之下走進森林中。

「到……到底要幹麼？」

「不要問了，保持安靜。」

「同意。沉默是金。」

被兩人以不容分說的態度這麼一說，士道只能乖乖閉上嘴巴。

接下來，抵達十香看不見的位置之後，兩人停下腳步。

「……士道。呃，該怎麼說呢？謝謝你呀。你幫了我們一個大忙。」

「多謝。託士道的福，夕弦從此不須再跟耶俱矢決鬥了。」

「不，別這麼說……」

看見兩人突然表現出如此謹慎的態度，士道感到有點不知所措，只能露出困擾苦笑。

耶俱矢與夕弦互使一個眼神之後，把視線挪回到士道身上。

「所以，哎，雖然不是什麼值錢的東西，不過請你當成謝禮收下吧。」

「請求。請你閉起眼睛。」

「啊？閉眼……？」

皺起眉頭，不過士道還是乖乖照辦。

於是——

「……！」

右方，與左方。

嘴唇的右方與左方，同時感受到一股柔軟觸感，士道不禁兩眼翻白。

沒錯。耶俱矢與夕弦同時親吻了士道的嘴唇。

「什……妳們兩個……在做什麼——」

「所……所以我不是說了嗎？這是謝禮。這可是我與夕弦這兩名絕世美少女的初吻唷！你應該高興到手舞足蹈，怎麼會是這種反應呀！」

「謝罪。給你添麻煩了嗎？」

耶俱矢滿臉通紅地抱起雙臂；夕弦則是滿臉歉意地低下頭。然後——

「什……」

「驚訝。這是——」

耶俱矢與夕弦發出驚慌失措的聲音。不過這也是理所當然。因為纏繞在她們身上的拘束衣與鎖鏈，化為光粒後消失不見了。

「嗚……嗚哇啊啊啊！」

「狼狽。色狼。」

兩人一同遮掩胸口，當場蹲了下來。士道連忙做出解釋。

「妳……妳們兩個冷靜一點！事實上，剛剛那就是封印靈力必要的——」

「士道？我看到這邊在發光，發生什麼事情了嗎？」

「……！十……十香！」

出現最糟糕的情況。原本理應待在後方的十香突然現身。

接下來，十香先是驚訝地瞪大眼睛，在理解狀況之後漲紅了臉。

「士……士道！你……你在幹什麼呀！」

「不……不對，不是妳想像的那樣！我什麼都——」

「士道突然脫掉我的衣服……」

「落淚。夕弦嫁不出去了。」

像是要對敵人趕盡殺絕一般，背後傳來耶俱矢與夕弦的掩護射擊。十香的臉變得更加通紅，

然後狠狠瞪向士道。

「士道——！」

「等……等一下！現……現在我的身體……嗚……啊，啊啊啊啊啊啊啊啊啊啊啊啊啊！」

士道的慘叫聲響遍夜晚的森林。

終章　我將會──

狂風肆虐的夜晚結束後的隔天早晨。

從旅館出發的士道一行人一邊從巴士窗戶眺望被剷平的樹木一邊移動，最後抵達機場準備返回天宮市。

在將裝有替換衣物等物品的大型行李托運、聽取幾個注意事項之後，學生們被囑咐要留在大廳等待飛機起飛。有些學生明明已經買了許多東西，卻還是前往販賣部物色當地特產；有些則是前往飲食區享用機場美食。

不愧是高中生。正值青春的High School Students。昨天才在海邊痛快玩樂過，今天居然還能這麼有精神。

士道全身無力地坐在大廳椅子上，「哈哈……」臉上浮現虛弱的笑容。

「呀～快樂時光稍縱即逝吶！」

坐在士道隔壁，不知為何只有頸部以上曬傷的殿町，一邊露出爽朗笑容一邊如此說道。

「啊啊……是呀。」

表現得像是株枯萎老樹的士道回答道。

昨晚，自從顯現〈鏖殺公〉之後，全身就被驚人的虛脫感侵襲──但是睡了一晚，卻又再添加一筆強烈肌肉痠痛的不適感。

哎，話雖如此，能使用人類身體所難以承受的「天使」之力，以及拯救耶倶矢與夕弦，這個代價也算是非常划算了。

「話說回來，這次完全沒有享受到教育旅行的樂趣呀……」

士道說完後，嘆了一口氣。結果，因為被捲入各式各樣的騷動中，幾乎都沒參加到團體活動的行程。

「啊～啊～幹麼擺出一張精疲力盡的臉啊！你昨天沒待在房間裡，到底跑去哪了？啊？居然累成這樣，到底是跟誰做了什麼色色的事情呢？」

殿町從鼻子發出「哼～哼～」的急促呼吸聲如此問道。一臉錯愕的士道嘆了一口氣。

「已經篤定我有做色色的事情了啊……」

「那是當然。健康的男子高中生晚上在教育旅行住宿處不見人影，卻什麼事情都沒有做。會相信這種說法的大概只有聖人、笨蛋或十香而已唷。所以？到底是誰呢？十香……應該不是她。她看起來很有精神吶。還是她們呢？因為一口氣應付八舞姊妹兩人，所以才會耗盡全部精力？而且剛好都沒看見她們的身影吶。」

「啊啊……哎，就某方面來說確實是如此。」

士道露出苦笑。

沒錯。自從離開旅館之後，就沒看見耶俱矢與夕弦的身影。

在那之後，兩人就被傳送到〈佛拉克西納斯〉。所以應該要等到兩人完成全部檢查並且回到天宮市之後，才有機會見面了。

為了方便起見，所以將她們安排成轉學生的身分……但是目前尚未確定她們是否會繼續來士道的高中就讀。

話雖如此，跟以往遇見的精靈相比，握手言好的兩人的精神狀態算是最為安定的。一起肩並肩走在街道上的日子，應該距離她們不遠了。

就在士道思考這些事情的時候，殿町迅速地將臉湊過來。

「喂，別想矇混過關唷。還是說，對方果然是那個一樣不見人影的鳶一嗎？你們應該有嘗試高難度的玩法吧？」

「折紙……嗎？」

士道搔搔臉頰，並且如此說道。

從早上離開飯店之後，一直沒有看到折紙的身影。

根據令音的說法，等到暴風停止後，折紙就被送到附近的醫院，所以可能會遲回天宮市。

據說她遭受那個〈幻獸・邦德思基〉的攻擊……不知道傷勢嚴不嚴重？

就在殿町打算更進一步追問之際，遠方傳來小珠老師的聲音。

「好了！同學們，時間快到了，請各位集合！」

「哦……集合時間到了啊。」

「嗚！喂，五河，晚點我會問清楚！」

殿町做出誇大手勢同時如此說道。模樣看起來很像是每個禮拜被主角打敗之後，都會大叫「給我記住！」的反派角色。

「嘿咻……」

士道在搖晃無力的雙腳注入力道，努力想要站起來。就在這個時候，「啪躂、啪躂！」傳來一陣腳步聲。

「士道！我買了很多點心唷！」

說完後，雙手提滿土產店購物袋的十香，臉上掛滿微笑往這邊跑過來。

明明昨天才經歷過一場激烈打鬥，但是她卻已經徹底痊癒，恢復到精神百倍的最佳狀態。

「妳買太多了吧？」

「不會呀！你看，限定口味的加倍佳。琴里一定會喜歡！」

士道一看見她臉上發自內心感到喜悅的無憂無慮笑容，就什麼話都說不出來了。輕輕撫摸她的頭之後，慢慢移動到集合地點。

「好了好了，全員到齊了嗎？那麼，接下來要搭乘飛機了，請各位同學依序排隊。」

小珠老師一邊環顧聚集在大廳的學生們，一邊開口說道。

學生們吵吵嚷嚷地惋惜這趟旅程的結束，同時按照事先規劃好的座位順序排隊。

「士道，在回程的飛機上，我可以坐靠窗的位置嗎？」

此時，十香的雙眼閃閃發光並且如此說道。在去程的飛機上，被折紙搶走靠窗位置的事情，似乎讓十香懊悔到現在。

哎，折紙正在住院，所以應該無所謂吧。

「啊啊，可以——」

「——我不允許。」

「咦？」

士道聽見打斷自己發言的聲音之後，錯愕地叫出聲。

看往背後，發現身體各處包著繃帶並且拄著拐杖的折紙，正佇立在那裡。

「折……折紙！妳怎麼會在這裡？話說回來，妳的傷勢……不要緊吧？」

「沒問題。」

折紙以冷靜的表情說完後，緊緊黏到士道身邊。

「可……可惡，快點離開！妳這傢伙怎麼突然冒出來呀！」

「座位早就已經決定好了。靠窗的位置是我的。妳就觀賞走道的景色吧。」

「好狡猾！回程應該輪到我坐靠窗位置！我要跟士道一起欣賞窗外的景色！」

將士道夾在中間，十香與折紙開始爭吵。飽受肌肉痠痛之苦的士道的身體，也被不斷搖晃。

「等……等一下等一下……！妳們兩人冷靜一點！用和平一點的方式解決問題……對了，妳們乾脆猜拳吧？」

「姆……就是那個利用三種手勢決定勝負的方法嗎？我是無所謂……」

「既然士道都這麼說了，我沒有意見。」

折紙平靜地回答。然後，十香的眼神變得銳利，緊緊握起右手。

「好吧。來一決勝負吧。剪刀……石頭……布！」

出聲的同時，十香與折紙一起往前伸出手。

——不過，士道卻在此時感受到一股異樣感。

理由很簡單。因為出現在眼前的手，數量居然多了兩隻。

「咦……？」

十香出石頭。折紙也是石頭。接下來，從旁邊伸出來的兩隻手，都是出布。

「呵呵……漆黑魔石（石頭）雖能戰勝裂空雙劍（剪刀），卻也不敵破邪之符咒（布）。」

「宣告。夕弦與耶俱矢獲勝。士道兩側的座位是我們的了。」

「耶俱矢──夕弦！」

士道看清伸手出布並且開口說話的兩人容貌，驚訝地大叫出聲。

沒錯。站在眼前的人，正是理應在昨晚被〈佛拉克西納斯〉收容的耶俱矢與夕弦。

在她們背後，可以看見頭部輕輕搖晃的令音的身影。接收到士道投向自己的詢問視線，令音慢慢走過來然後壓低聲音說道：

「……她們堅持一定要跟士道一起坐飛機。由於她們目前的狀態很穩定，也為了不要對她們隨便施加壓力，因此，破例批准她們外出。等回到天宮市之後，再讓她們接受正式檢查。」

「不，那是無所謂啦……」

此時，身為獲勝者的耶俱矢與夕弦摟住士道的雙手。

「呵呵……汝須感到光榮唷，士道。剛開始時，只把汝當成決鬥的祭品──不過本宮意外地喜愛汝。」

「寵愛。夕弦也是。不過，好不容易才和解，夕弦不想與耶俱矢爭奪。」

「因……此。士道，汝將成為本宮與夕弦的共同財產。」

「同意。事情就是如此。夕弦會好好疼愛你的。」

「什……什麼！」

士道忍無可忍地大叫出聲。十香與折紙皺起眉頭，對士道怒目而視。

「士道，這是怎麼回事？你在把她們脫光光的時候，果然發生了什麼事情吧？」

「脫光光？那是什麼意思。請解釋清楚。」

「不，那個……」

就在士道煩惱著該如何回答時，固定住士道雙手的耶俱矢與夕弦從鼻間哼了一聲。

「呵呵……抱歉吶，十香。但是能進貢這項供品給本宮，身為眷屬的汝應該感到無比光榮吶。」

「真傳。折紙大師，謝謝您的教導。夕弦會謹記您的諄諄教誨，繼續向前行。」

聽見兩人的話，十香與折紙分別抓住士道的雙腳。

「別開玩笑了！我不會把士道讓給妳們！」

「不要突然出現又說些莫名其妙的話。」

「呵呵……真有膽量！居然敢向吾等八舞姊妹下戰帖！」

「應戰。接受挑戰。讓妳們看看夕弦與耶俱矢攜手合作時有多厲害。」

說完後，四個人從四個方向，用力拉扯士道的手腳。

「等……等等……！」

因為使用〈鏖殺公〉而變得傷痕累累的士道的身體，在承受最後一擊之後，最終發出了哀號聲。

◇

心臟的跳動聲，大到令人厭煩的地步。

琴里行走於寬廣的走廊上，同時微微露出苦笑。或許是因為在如此寬廣的空間裡，只有琴里獨自一人——不過，也有可能是琴里還是感到有些緊張的緣故吧。明明已經來過許多次了，果然還是無法習慣吶。

琴里依舊穿著平時那套深紅色軍服，但是並沒有將外套披在肩上，而是規規矩矩地把手穿過袖子並且扣上釦子。理所當然的，嘴巴也沒含著加倍佳。要是讓〈佛拉克西納斯〉的船員們看到這副模樣，或許會驚訝到目瞪口呆吧。

琴里在門前停下腳步，做了一個深呼吸。

接下來，「咚、咚！」伸手敲門。

「五河琴里，前來報到。」

「——進來吧。」

「是。」

琴里簡短回答之後，開門走進室內。

房間的擺設猶如一間書房。四面牆壁皆被書櫃占據，上頭擺放了許多本皮革封面的書籍。雖然不清楚詳細內容，不過應該也跟桌上被打開的書本一樣，沒有印刷上任何文字，而是由點字並排其上。

房間最裡面，可以看見一位男性的身影。

「好久不見了，五河司令。」

說話的同時，椅子轉了一圈，把臉往琴里的方向轉過來。

半白的頭髮與鬍子，溫柔的眼睛。年紀大約五十歲上下。雖然還不到稱呼他為老人的年紀，不過外表看起來就像是個和藹可親的老爺爺。

圓桌會議議長——艾略特．伍德曼。

〈拉塔托斯克機構〉的創始者，同時也是琴里的恩人。

「好久不見，伍德曼大人。」

琴里立正站好，做出一個完美的敬禮姿勢。

「妳最近表現得非常活躍嘛。圓桌的成員們都深感震驚呢。」

「讓他們嚇一跳原本就是我分內該做的工作。」

琴里如此說道。於是，伍德曼愉悅地笑出聲。

「哎，別這麼說。他們都是〈拉塔托斯克〉不可或缺的人才……話說回來，五河司令。聽說妳使用了〈灼爛殲鬼〉，妳還好吧？」

「是的。讓您擔心了。」

「不，是我不該讓妳太操勞。」

說完這句話，他一邊撫摸鬍子，一邊用平靜的語氣繼續說道：

「……對了，我剛剛接獲一項報告。」

「報告……嗎？」

「是呀。聽說〈佛拉克西納斯〉被疑似DEM公司製造的空中艦艇襲擊了。」

早已接獲那個情報。「是的。」琴里點點頭。

「我有聽說了。不過，艦上有神無月在，應該不會有問題。」

「說得也是——不過有問題的是另一件事情。」

「您的意思是？」

聽見琴里的疑問，伍德曼躊躇了一會兒，接著說道：

「……聽說你的哥哥顯現出天使了。」

「……！」

聽見這句話，琴里的眉毛抽動了一下。

她嚥下唾液，將手按住胸口壓抑在瞬間變得激烈的心跳，調整好呼吸之後，回答道：

「是……嗎——已經……」

「沒錯。再次封印妳的靈力，恐怕就是這起事件的契機吧。」

「……！」

琴里不自覺地緊咬牙齒。伍德曼彷彿察覺琴里的異樣，臉上浮現充滿歉意的神情。

「……萬一出現緊急狀態，妳或許會被迫執行適當處置。否則，災難又會降臨到好不容易施加封印的精靈們身上。」

「我……明白。」

琴里靜靜瞇起眼睛。然後，伍德曼低聲呻吟般說道：

「……很抱歉，居然要妳做這種令人不舒服的事。」

「不，這也是無可奈何的事。……往後，如果局勢真的陷入最惡劣情況……」

接下來，琴里輕輕點頭之後繼續說道：

「——我將會……殺了士道。」

DATE A LIVE

battleship FRAXINUS ASS-004

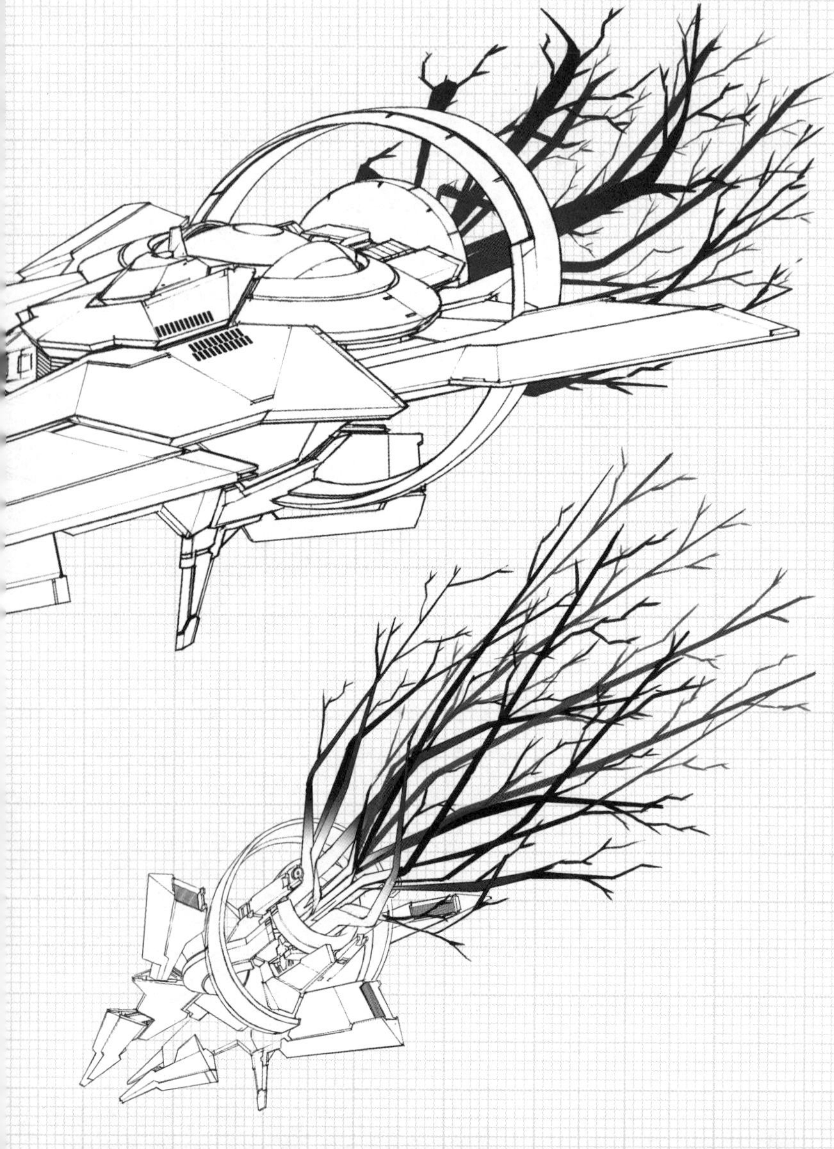

FRAXINUS

〈佛拉克西納斯〉 ASS-004

總長252m（不包含〈世界樹之葉（Yggd Folium）〉）
總寬度120m

主要兵裝
收束魔力砲〈銀槲之劍〉
精靈靈力砲〈永恆之槍〉
汎用獨立Unit〈世界樹之葉〉
其他

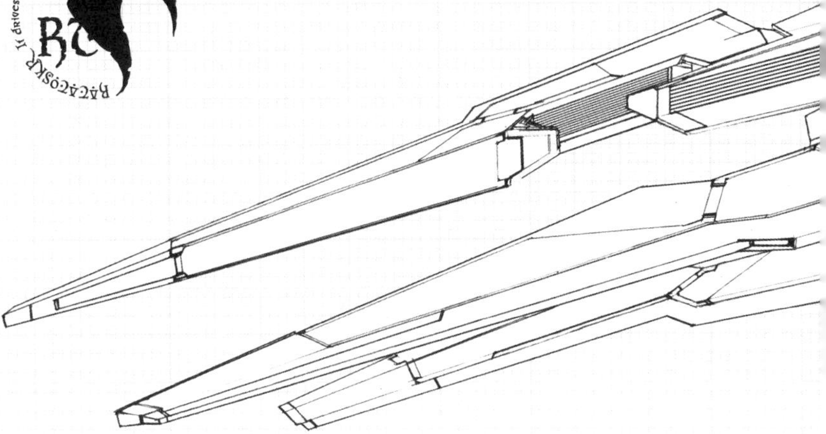

搭載十台大型基礎顯現裝置（Basic Realize）——AR-008。備有恒性隨意領域（Permanent　Territory）常駐於艦體四周。平時會隨時發動防止來自外界的肉眼辨識與觀測的隱形迷彩（Invisible），與當飛機接觸到我方領域時，船艦會自動迴避的自動迴避（Avoid）。

戰艦設計／海老川兼武

後記

好久不見，我是橘公司。在此為您獻上《約會大作戰DATE A LIVE 5　暴風者八舞》。

這一次初次安排兩位精靈同時登場——雙胞胎姊妹（？）耶俱矢與夕弦。各位讀者覺得如何呢？如果各位讀者喜歡本書，將是我莫大的榮幸。

不過，這本書明明是以兩名精靈的登場為重點，本篇的新角色卻似乎莫名地多啊！哎，因為這本書在暗地裡也代表著主線劇情正式展開，所以這也是沒辦法的事……不過，還是要謝謝つなこ老師的幫忙。

順帶一提，除了精靈以外，最受歡迎的新角色就是艾蓮了。一開始原本只打算將她塑造成不重要的小角色，但是不知不覺卻變成一個有趣人物了。我很喜歡看起來好欺負的角色。

接下來，請特別注意。相信有許多讀者已經發現本書與前幾集的不同之處了。

沒錯。請往前翻一頁。在後記之前，刊登了一張〈佛拉克西納斯〉的跨頁設計圖唷！設計者是海老川兼武先生。謝謝您的傑出設計！真是超帥的。請各位讀者務必仔細欣賞！

這次有比平時還要多的消息要告訴各位讀者，所以接下來就一口氣說完吧。

由ringo所繪製，在月刊《少年ACE》連載中的《約會大作戰DATE A LIVE》漫畫版的單行本，終於要在八月二十五日正式發售！

還有，由鬼八頭かかし所繪製，在月刊《Dragon Age》連載的衍生漫畫《約會大進擊DATE AST LIKE》單行本，也即將在九月八日正式發售！

哇……真是太棒了！加上本書，就是來勢洶洶的三連發啊！簡直就像是噴射○流攻擊！（註：噴射氣流攻擊（Jet Stream Attack），是《鋼彈》登場角色——黑色三連星的必殺技）依照位置來說，被當成墊腳石的人應該會是我吧。嗚呀！

而且，這一次還不只如此。為了紀念本作《約會大作戰DATE A LIVE 5 暴風者八舞》、《約會大作戰DATE A LIVE》漫畫版、《約會大進擊DATE AST LIKE》三本書連續發售，據說還舉辦了連續購買的獎勵活動！

詳細說明應該刊登在書腰上，請務必仔細閱讀！

接下來！預定在十二月發售的《約會大作戰DATE A LIVE 6 百合美九》公仔限定版，即將在八月三十一日截止預約！我已經看過樣本照片了，真的做得非常好。有興趣的讀者請儘快預定！（註：上述皆為日本方面情報。）

那麼，最後我要說的是——插畫家つなこ老師、責任編輯、美術設計師，以及參與出版流程的各位工作人員，本次也是在這些人的盡力幫忙之下，才能讓這本書呈現在各位讀者面前。真的是非常謝謝大家。

《約會大作戰DATE A LIVE 6 百合(Lily)美九》。

說到Lily就想到百合花。意思就是……哎，就是字面上的意思。

那麼，我們下集再會了。

橘 公司

國家圖書館出版品預行編目資料

約會大作戰. 5, 暴風者八舞 / 橘公司作 ; 竹子譯.
-- 初版. -- 臺北市 : 臺灣國際角川, 2013.04
面 ;　公分. -- (Kadokawa fantastic novels)
譯自 : デート・ア・ライブ. 5 : 八舞テンペスト
ISBN 978-986-325-303-7(平裝)

861.57　　　　102002582

Kadokawa
Fantastic
Novels

約會大作戰DATE A LIVE 5
暴風者八舞

（原著名：デート・ア・ライブ5　八舞テンペスト）

2013年4月24日　初版第1刷發行
2024年7月3日　初版第17刷發行

作　　者：橘公司
插　　畫：つなこ
譯　　者：竹子

發 行 人：台灣角川股份有限公司
總 監：呂慧君
總 編 輯：蔡佩芬
主　　編：林秀儒
編　　輯：孫千棻
設計指導：陳晞叡
美術設計：吳佳昫
印　　務：李明修（主任）、張加恩（主任）、張凱棋、潘尚琪

發 行 所：台灣角川股份有限公司
地　　址：104台北市中山區松江路223號3樓
電　　話：（02）2515-3000
傳　　真：（02）2515-0033
網　　址：www.kadokawa.com.tw
劃撥帳戶：台灣角川股份有限公司
劃撥帳號：19487412
法律顧問：有澤法律事務所
製　　版：巨茂科技印刷有限公司
ＩＳＢＮ：978-986-325-303-7

Kadokawa
Fantastic
Novels

新妹魔王的契約者 10

（原著名：新妹魔王の契約者 X）

2017年9月6日 初版第1刷發行
2024年7月3日 初版第2刷發行

作者：上栖綴人
插畫：大熊猫介（Nitroplus）
譯者：吳松諺

發行人：台灣角川股份有限公司
總監：呂慧君
總編輯：蔡佩芬
主編：林秀儒
編輯：黎夢萍
設計指導：陳晞叡
美術設計：黃永漢
印務：李明修（主任）、張加恩（主任）、張凱棋、潘尚琪

發行所：台灣角川股份有限公司
地址：104台北市中山區松江路223號3樓
電話：（02）2515-3000
傳真：（02）2515-0033
網址：www.kadokawa.com.tw
劃撥帳戶：台灣角川股份有限公司
劃撥帳號：19487412
法律顧問：有澤法律事務所
製版：巨茂科技印刷有限公司
ISBN：978-986-473-869-4

國家圖書館出版品預行編目(CIP)資料

新妹魔王的契約者 / 上栖綴人作 ; 吳松諺譯. -- 初版. -- 臺北市 : 臺灣角川, 2017.09-
冊 ; 公分
譯自 : 新妹魔王の契約者
ISBN 978-986-473-869-4(第10冊 : 平裝)

861.57 106012653

Kadokawa Light Novels

絕對雙刃 1~11 待續

Kadokawa Fantastic Novels

作者：柊★たくみ　插畫：淺葉ゆう

為勝利付出巨大的代價竟是失去至親!?
透流等人將面臨意想不到的戰鬥對象！

為勝利付出巨大的代價，透流再次失去音羽，連莉莉絲和小虎的身影都從學園中消失。透流等人懷抱隱約的不安度日。殊不知在平凡無奇的日常生活背後，殘酷的命運已悄悄但確實造訪。此時，透流身邊出現了令人懷念的對象……？

台灣角川

各 **NT$180~220/HK$50~68**

©KEIICHI SIGSAWA 2016

Kadokawa Light Novels

奇諾の旅 I~XX 待續

Kadokawa Fantastic Novels

作者：時雨沢惠一　插畫：黑星紅白

奇諾の旅豔遇篇！被男子搭訕要求當女朋友？
20集的後記請在本書的每一個角落仔細檢閱！

「旅行者！妳男性化的形象真是太美了！我就單刀直入地問了！要當我的女朋友嗎？」奇諾被一名男子搭話。「什麼？」只見對方不自然地微笑道：「還有，妳生氣的表情也很美麗喔。」在對方猛烈的攻勢下，奇諾會被攻陷嗎？奇諾の旅豔遇篇登場！

各 **NT$180~260/HK$50~78**

台灣角川

Kadokawa Light Novels

打工吧！魔王大人 1~16 待續

Kadokawa Fantastic Novels

作者：和ヶ原聡司　插畫：029

魔王收到某個女孩的巧克力？
情人節大騷動熱鬧登場！

為尋找「大魔王撒旦的遺產」，魔王等眾人從位於日本的魔王城搬到安特．伊蘇拉。然而魔王為參加正式職員的錄用研修而獨自留在空蕩蕩的魔王城。之後魔王意外從研修的某位女孩那裡收到人情巧克力。這事在被艾契斯散播出去後，讓女性成員們大為動搖！

各 **NT$200~240/HK$55~75**

台灣角川